天使強奪

天使強奪《てんしごうだつ》

六青《ろくせい》みつみ

ILLUSTRATION：青井《あおい》 秋《あき》

天使強奪

LYNX ROMANCE

CONTENTS

007　天使強奪
249　天使の託卵
256　あとがき

天使強奪

† Ⅰ　天使の悪魔祓い師《エクソシスト》

「おい見ろよ、すごい美人だ」

口笛を吹きかねないほど感嘆した同僚の声に、クライス・カルヴァドスは素直に振り返ってみた。

視線の先には、ちょうど南の正門から王宮にいたる大階段と、そこを上がろうとしている黒衣の一団。我がオリエンス王国で近年勢力を増しつつある、クリストゥス教の祭服だ。

その中心にひとりだけ、白い祭服を身にまとった青年がいる。歳《とし》は二十歳前後。まるで教会の壁に刻まれた聖ミカエルスのように燦然《さんぜん》と光を放ち、挑戦的な眼差《まなざ》しでまっすぐ前を見つめている。

背はそれほど高くない。身体《からだ》つきもほっそりしている。瞳《ひとみ》の色は分からないが、風になびく長い髪は白っぽい金色で、遠目にも分かる横顔の端正さが他人目《ひとめ》を引き寄せる。そして何よりも、その身にまとう独特の雰囲気がクライスを惹《ひ》きつけた。彼の周囲だけ、まるで水晶か金剛石《ダイヤモンド》のように硬質できらめいて見える。

「…確かに、すごい美人だな」

思わず足を止めて、まじまじと見つめてしまう。

同僚のウェスカーと同じように〝美人〟と形容してはいるが、件《くだん》の人物が男であることは祭服姿からも明らか。男なのに、若い女性でも滅多《めった》に見ないような美形だ。クライスは王室近衛隊に入隊して

以来、着飾った貴婦人や美しい貴公子を見る機会を多く持つようになった。しかし彼は、高貴な血を引くそうした人々とは一線を隔するほど、どこか崇高な印象がある。陶磁器製の人形のように整いすぎた顔は無表情に徹し、周囲の何にも興味を示そうとしない。それが逆にこちらの注意を惹く。

もう少し近くで見てみたい。そう思った瞬間、若き聖ミカエルスを取り巻いていた黒祭服のひとりが振り向いて、鋭くクライスを睨みつけた。同時に、自分の身体で聖ミカエルスに向けられた視線をさえぎる。不測の事態に備えたなめらかな動きは、明らかに自分と同業の証《あかし》。

「教会の〝聖なる盾〟だ。睨まれてるぞ、行こう」

ウェスカーに腕をつかまれたクライスは「ああ」と生返事をしながら、睨みつけてくる男に目礼して害意がないことを伝える。男はヴァレンテ本国があるカナン大陸中原特有の、癖のある濃い黒髪をきっちり後ろに撫《な》でつけた隙《すき》のない姿で、警戒を解く様子はない。仕方がないのでその場を離れ、数歩進んだところでさりげなくふり返ったのは、もう一度後ろ姿だけでも聖ミカエルスの姿が見えないかと思ったからだ。

残念ながらクライスの目に入ったのは、すき間なくがっちり身を寄せ合って聖ミカエルスを護《まも》る、背の高い男たちの黒い背中が王宮内へ消えるところだった。

「りんごの花みたいな人だったな」

まぶたの裏に焼きついた聖ミカエルスの残像を反芻《はんすう》しながらクライスがつぶやくと、となりでウェスカーが「ぷっ…」と小さく噴き出した。

「おまえこの間、目が開いたばかりの仔猫《こねこ》に向かって同じこと言ってなかったか？　可愛《かわい》いとか美人に対する形容詞、他《ほか》にもっとないのか」

りんごの花にたとえるのは、自分にとって最高の賛辞なんだからいいじゃないか。そう言い返したかったが、その手の語彙《ごい》の乏しさも自覚しているので、首の後ろに手をまわして誤魔化《ごまか》した。

そのまま名残惜しい気持ちを振りきって、再び歩きはじめる。勤番を終えて官舎にもどる途中とはいえ、近衛隊士の制服を着ている時は常に迅速で的確な行動を取らなければならない。勤務地である王宮の敷地内で歩きながら物見高くよそ見をした挙げ句、立ち話などしては示しがつかないからだ。

「あれってアレだろ？　例の、ヴァレンテ本国から招請した教会のお偉いさん。真ん中にいた白い服のがそうだとしたら、これまたずいぶん若いのが来たもんだな。二十歳を越えてるかどうかってところじゃないか」

クライスに歩調を合わせながら、同僚のウェスカーが驚きと興奮の混じった様子でささやく。

「ああ」

クライスも同意してうなずいた。最近勉強したばかりの俄《にわか》知識によると、クリストゥス教で白の祭服を許されるのは、かなり高位の人間に限られるはず。よほどのコネや特別な血統でもないかぎり、普通ならどんなに早くても四十歳を越えなければ、その地位に上がるのは無理らしい。

「それにしても、王家に悪魔憑《つ》き騒ぎが起きるとは、世も末だな」

ウェスカーは王室近衛隊士の中でも噂《うわさ》好きでおしゃべりな人物だ。明るくさっぱりした性質《たち》で仕事は真面目《まじめ》にこなすし、有能なのであまり問題にはならないが、上官の中には口の軽さに眉《まゆ》をひそめる者もいる。真面目だが、どちらかといえば世事に疎いクライスは、ウェスカーの耳の早さや機転を利かせる頭のよさに一目置いているし、気さくな性質も気に入っている。口が軽いようでいてウェスカーが噂話を披露する相手と場所と時は、きちんと選んでいることも分かっているからだ。

「悪魔憑きか…。まさか本当に悪魔祓い師《エクソシスト》を呼ぶとは思わなかった」

クライスもあまり口を動かさず、ウェスカーにだけ聞こえる声で答えた。

王宮では数カ月前からある噂が流れはじめた。最初は何か大変らしいというだけの、あやふやで雲をつかむようなものだったが、次第に明確になってきたそれは、最終的に「王太子夫妻の息女が悪魔に魅入《みい》られたらしい」という突拍子もない場所に着地した。

クライスが生まれ育ったオリエンス王国は、基本的に万神を奉じる多神教信者が多い。万神教は路傍の石にも麦一粒にも神が宿るというもので、船来の異教神も万神の一柱として受け入れてしまう大らかさがある。加えて大陸から適度に離れた島国という立地、海流が複雑なため安全な海路が限られるという条件に守られて、長い間大陸からの大々的な干渉を受けることなく発展してきた。

雲行きが怪《あや》しくなったのは十五年前。王太子に輿《こし》入れした王太子妃が熱心なクリストゥス教信者だったことから、様々な問題が起きるようになった。王室関係者の大半が未《いま》だに王太子の婚姻に不満を抱いているが、王太子妃がクリストゥス教総本山である大陸中央のヴァレンテ聖教国に働きかけ、貴重なオルゴン動力《エネルギー》の輸入がはじまったことで、表立った文句は出せなくなった。

オルゴン動力はヴァレンテ聖教国だけが産する神秘の力だ。その製造法や備蓄法など、いっさいが謎《なぞ》に包まれている。オリエンスで動力といえば人、馬、牛、燃料は薪《まき》と石炭、明かりは植物や動物から採取した油が基本。そこへヴァレンテからオルゴン動力で動く自走車や、釦《ボタン》ひとつで点灯消灯ができる明るい照明器具などが輸入されると、人々は驚きに目を瞠《みは》り、歓迎した。庶民の手には到底わたらないものの、王家や上級貴族、一部の富裕商人などは手に入れようと先を競って大金を投じている。

オルゴン動力に最も注目しているのは軍部だが、武器に転用できるほどの輸入量は当然望めない。そこをなんとかしたい軍部の思惑もあり、王太子妃を筆頭に国内のクリストゥス教信者と教会関係者が勢力を伸ばしつつある。

国民の多くは当初、王太子妃となる女性の信教を問題視していたが、万物には神が宿るという万神教の教えが染みついた国民性もあり、今では王太子妃の存在もなんとなく受け入れている状態だ。

とはいえ、さすがに王家の中枢に〝悪魔憑き〟が出たというのは外聞が悪すぎる。関係者は秘《ひそ》かに万神教の有力な神官に加持祈禱《きとう》や悪霊祓《ばら》いを頼んだり、高名な医師に治療を頼んだりと奔走したが効果はなく、最後は国内のクリストゥス教司祭にも救いを求めたが解決には至らなかった。

十四歳の内親王殿下は治療に訪れた医師に卑猥《ひわい》な淫語《いんご》を浴びせ、神官に向かって性交の快楽を滔々《とうとう》と語って聞かせたという。身体をいくら清潔に保ってもなぜか耐え難い悪臭を放ち、侍女が犯した不倫や不貞——誰《だれ》も知らないはずの——を暴き立てて哄笑《こうしょう》したという。恐れをなした侍女が、もう何人も辞めたという話もある。

優秀な司祭がふたり、それぞれ悪魔祓い《エクソシズム》に挑んで敗北したあと、オリエンスのクリストゥス教本部は王と相談して、クリストゥス教総本山のあるヴァレンテ本国に助けを求めることにした。

すなわち、国王の名による悪魔祓い師《エクソシスト》招請。

もちろんこうした事柄は一般国民の耳には一切入らない。すべて極秘に進められている。

クライスやウェスカーのように、王家の人々の身辺を護る近衛隊士として王宮の奥深くまで立ち入りが許される立場だからこそ、知り得た事実だ。

「どうする、少し早いけど飲みに行くか？」

官舎にもどって勤務日報を提出すると、ウェスカーが酒杯《グラス》をあおる仕草で誘ってくる。今日は早番だったので、陽《ひ》はまだ高いがこのあとは自由時間だ。ふだんなら剣術、体術、乗馬などの自主訓練か、舞踏《ダンス》や楽器の練習、もしくは芸術関係の知識と素養を身につけるために美術館にでも行くか、昇進試験に向けた勉強をするところだが、今日は先程の悪魔祓い師《エクソシスト》について語りたいことでもあるのだろう。

クライスは少し考えてから、

「今日はやめとく。庭の草取りを終わらせたいから。明日は雨になりそうだし。次の休養日は出かけなきゃいけないだろ」

そう言って断った。白い祭服姿の聖ミカエルスには興味があったが、今の段階では新しい情報は何もないだろうし。陽が高いうちに酒を飲みはじめるというのが、性に合わないということもある。

「草取りって、おまえなぁ…そんなんだから二十八歳で『ご隠居』なんてあだ名つけられるんだぞ」

「心外だな。庭仕事はけっこう体力使うんだぞ」

春が終わり夏に向かう今の時期、庭に植えられた樹木が瑞々《みずみず》しく葉を茂らせ、花の苗が勢いよく生長すると同時に雑草も逞《たくま》しく育ってしまう。まだ茎が細く根も張ってない今のうちに、どんどん抜いておかなければ大変なことになる。

「わかったわかった。次の休養日に会う淑女《しゅくじょ》たちには、その趣味言わない方がいいと思うけどな」

つき合いの長いウェスカーは苦笑しながら手をふって去って行った。

†

この世界は三つの大陸と大小様々な島から成り立っていて、三つの大陸には、それぞれ異なった神と教義を信じる人々が暮らしている。

カナン大陸では二千年前に現れた神の息子クリストゥスと彼の教えを伝え広めるクリストゥス教。

ハラン大陸は千五百年前に現れた預言者イスライエルによる、神のお告げと掟《おきて》を信じ伝え広めるサリマム教。

ヴリトラ大陸では五千年の歴史を持つと言われるヴェーダ教。

クリストゥス教とサリマム教はどちらも一神教で、元をたどれば同じ神を信仰しているのだが、「我以外の神を信じる者は地獄に落ちる。異教徒とは悪魔崇拝者である」という教義のため、互いに相手を改心させる対象として、ときに憎んで闘い、ときに譲歩して説得するという関係を千五百年続けている。カナンとハランは大陸の北辺を接しているが、オリエンス王国がある位置とは反対側なので、そうした不毛な争いに巻き込まれずにすんでいる。

ヴェーダ教は多神教で、人々の欲望や願い事の数だけ神がいると言われている。万神教と似ているが、教義に厳しい身分制度があるのが特徴だ。

カナン大陸には七つの大きな湖と十三の国がある。十二個の宝石が連なる首飾りをつけた貴婦人のように、十二の国に取り囲まれた中央で威を張っているのが、クリストゥス教総本山であるヴァレンテ聖教国だ。昔は他にもたくさん小国が存在していたが、七と十二を聖なる数とするクリストゥスの教えが勢力を拡大するに従い、侵略されたり併呑《へいどん》されたりして十二になった。

クリストゥス教の司祭たちは布教に熱心で、大陸全土をクリストゥス教に染め上げた今、次は宿敵サリマム教を奉じるハラン大陸の制覇に向けて動き出している。

ヴァレンテの武器はクリストゥスの教えと、自国のみに産するオルゴン動力だ。

オルゴン動力は馬のように疲弊したりしない自走車を走らせ、石炭ではとうてい出せない速さで船を進ませ、飛空船を飛ばすことができる。しかし、戦争に投入して戦局を左右できるほどの数はない。

ハラン大陸はカナン大陸の倍近い広さがあり人口は軽く十倍を超える。数百台の自走車や十数隻の飛空船で挑んでも、人海戦術で攻められれば勝つのは難しい。

現在、ヴァレンテは性急なハラン大陸侵攻は自重して、国力の増大とオルゴン動力のさらなる増産を目指している。

クリストゥス教総本山のあるカナン大陸の南東にあるオリエンスは小さな島国で、昔からときどきクリストゥス教の司祭がやってきて布教していたが、十年二十年と経《た》つうちに、いつの間にか万神教の教えを取り入れた、大らかで曖昧《あいまい》な教義に変化してしまうのが常だった。

中央から遠く離れた海の果ての島国ゆえに見過ごされていた楽園は、十五年前の王太子妃の輿入れと、それにともなうオルゴン動力の輸入によって様変わりした。オルゴン動力とともに乗り込んできた司祭たちの熱心な布教によって、今では国民の半分がクリストゥス教信者になっている。多くは表面上だけの改宗とはいえ、このままいけば遠からず国民すべてがクリストゥス教信者になるだろう。

†

オリエンス王家の人々を護る王室近衛隊士が起居する官舎は、王宮の裏側を囲うようにコの字の形に建てられている。人ではなく王宮そのものを護る王宮警備隊士も合わせて、総勢一五〇〇名が暮らす官舎は基本的に二階建てで、ひと棟一六室が一〇〇棟近く。一室といっても実際は二部屋ある。小さな居間と寝室、それに大人ふたりが立ったら一杯になるくらい小さな玄関だ。

大食堂は三つ。早番、遅番、夜晩の三交代、二十四時間体制で警護警備にあたる隊士たちの腹を満たすため、こちらは朝、昼、晩、深夜の四交代制で食事を提供している。他にも浴場、馬場、訓練場、余暇を過ごす大広間兼会議場、図書館などの各施設がそろっている。

クライスは自室にもどって制服を脱ぎ、簡素な私服に着替えた。洗濯が必要な中着《シャツ》などを専用袋につめて玄関脇《わき》の回収箱に入れる。それから部屋にもどって南側にある掃き出し窓を開け、仕事用の長靴ではなく脱ぎ履きしやすい短靴を履いて庭に下りた。

官舎の窓側には部屋の幅ごとに植木で仕切られた庭がある。庭といっても果樹や花木が植わっているわけではない。ただの芝地で、見苦しくならないよう各隊士たちに定期的な草刈りが義務づけられているくらいだ。隊士に割り当てられる部屋も所属する隊が変われば移動になるので、わざわざ庭の手入れをしようと思う者は少ない。クライスはそうした数少ない変わり者のひとりだった。

芝地の一画を耕して花を植え、地味の良さを確信してからは香草と野菜も少々。花は一年草だけでなく多年草も何種類か。本当は果樹を植えて育てたいところだが、短ければ半年、長くても二、三年で部屋を移動することを考えると断念するしかない。

「まあそれは、退役後の楽しみにとっておこう」

クライスには夢がある。それを叶《かな》えるために、日々真面目に働いているのだ。

せっせと草を抜きながら十株ほど植えた苺《いちご》のあたりに差しかかったとき、ふと動きを止めて顔を上げた。白い可憐《かれん》な花が風に揺れている。それが、さっき見かけた白い祭服姿の聖ミカエルスを思い返すきっかけとなった。

名前はなんというのだろう。歳は二十歳前後に見えた。あんなに若いのに、陛下の招請に応じて派遣されたということは有能な悪魔祓い師《エクソシスト》ということか。それとも逆に見くびられて見習いか新人を寄《よ》こしたとか？

「いや、それはない」

あの男、クライスを睨みつけたあの黒い祭服姿の男は、かなりの人物だ。ああいう男が水も漏らさぬ厳重さで身辺警護についているということは、護られているほうも相応の身分なのだろう。

天使みたいにきれいだった。どんな声で、どんなふうにしゃべるんだろう。

名前は明日か明後日には、ウェスカーが情報を仕入れてくるだろうから訊《き》いてみよう。

「もう一度、会えるかな」

クライスの所属する王室近衛第二中隊第一小隊は、王太子夫妻およびその子どもたちの護衛を任されている。姿を垣間《かいま》見ることくらいできるだろう。うまくいけば――事情を考えれば不謹慎な言い方だが――言葉を交わす機会もあるかもしれない……。

そこまで考えてクライスは我に返った。

相手はカナン大陸全土を信徒で埋め尽くす勢いのクリストゥス教総本山、ヴァレンテ本国からやってきた高位の司祭――いや司教か。もしかしたら大司教ということもありえる。何しろ白い祭服だ。一介の近衛隊士が気軽に話しかけられる相手ではない。

それでも、彼が王宮に滞在している間は可能性がある。

クライスは白い苺の花びらを指先でそっと撫で、変わり映えのない日常の中に、突然花開いた小さなときめきを自覚して微笑《ほほえ》んだ。


翌日。

夜明け前に官舎を出たクライスは、急な変更指示を受けて内親王殿下の私室へ向かった。そこで今日から悪魔祓い《エクソシズム》の儀式が行われるという。本来の当番は一カ月前に第二中隊第一小隊所属になったばかりの隊士だったが、今回は事情が特殊なので、経験があり物事に動じず、そして何よりも口の固さに定評があるクライスと他二名、さらに小隊長を加えた四名で護衛につくことになったのだ。

ただし入室は許可されず、扉の前からも遠ざけられた。部屋の中と扉前は、ヴァレンテ本国からやってきた悪魔祓い師《エクソシスト》直属の護衛が鉄壁の護りを固めている。

儀式が行われる部屋の中はともかく、扉の前からも追い払われる形になっては王室近衛隊の面目は丸つぶれ。小隊長や中隊長だけでなく、王室護衛を統括する近衛隊第一大隊長も抗議したらしいが、それが悪魔祓い《エクソシズム》を引き受ける条件だと言われて譲歩せざるを得なかったという。

近衛隊第一大隊長といえば国王陛下の信頼も篤《あつ》く、親しく言葉を交わせる間柄。その大隊長の要請すら一蹴《いっしゅう》できるとは、あの聖ミカエルスはどれだけ大物なんだと思いつつ、クライスは内心をいっさい洩《も》らさぬ無表情で立ち位置についた。黒い祭服姿の男がふたり、神殿の守護神像のように立ちはだかる扉から、左右にそれぞれ十歩ほど離れた廊下の一角。クライスは扉に向かって左側だ。

廊下には部屋から運び出された家具がずらりとならんでいた。造りつけのものと寝台以外は、すべて運び出すよう指示を受けたという。残念ながら悪魔祓い師《エクソシスト》の姿は見ていない。クライスたちが到着するより前に、すでに入室済みだと聞いて心の中で落胆する。

「儀式は早ければ一時間、長引く場合は数時間に及ぶことがあるそうだ。油断するなよ」

警護につく前、クライスは隊長から助言と注意を受けた。

「数時間ですか。長いですね」

「いや、内親王殿下に憑依《ひょうい》している悪魔の規模からすると、数時間で終わるのは異様に短い部類らしい。これは口外不可の情報だが、ひとり目の司祭が悪魔祓い《エクソシズム》に挑んだときは丸二日、ふたり目は三昼夜かけたそうだ。どちらも失敗に終わったが――」

最後に声をひそめた隊長の言葉に、クライスも表情を引きしめた。

「数時間というのは本人の申告ですか」

「向こうはそう言っている」

「有能なんですね」

「本来なら門外不出、ヴァレンテ秘蔵の大司教様だそうだ」

クライスがよく分からないという表情を浮かべてしまったせいだろう。隊長はひと言言い添えてくれた。

「教皇に次ぐ力があると言われてる」

「それは…、すごいですね」

力というのが権力なのか能力なのか分からない。しかしヴァレンテの教皇聖下といえば、一国の王など遥《はる》かにしのぐ権力と財力を有し、世界で五指に入るといわれる最重要人物だ。それに次ぐということは、ますますクライスなどには声もかけられない縁遠い存在ということだ。

隊長も自分たちに課せられた任務の重要性を理解しているのだろう。引きしまった表情をしている。

とても「悪魔祓い師《エクソシスト》の名前はなんというのですか」などと、のんきに訊ける雰囲気ではなかった。

警護をはじめて三十分ほど過ぎた頃、内親王殿下の私室を中心にあたりの空気が一変した。

「！」

気づいたのはクライスだけではない。二歩分の距離を空けて立っている隊長も、扉を挟んで向こう側にいる近衛隊士ふたりも気づいたのだろう、わずかに身動《みじろ》いで前後左右の確認をしている。

剣でも槍《やり》でも体術でも、武術を極めた者なら目に見えない――いわゆる〝気〟を察知できるのは当然のこと。だから気づいたことに驚きはしない。ただこれほどの変化を生じさせた原因、部屋の中で行われている儀式には興味が湧《わ》く。

クライスたちの動揺を尻目《しりめ》に、扉の前に立っている黒祭服の護衛たちは慣れているのか、まるで動じていない。むしろ王室近衛隊士が扉に近づいてこないよう仕草で示し、威圧感を増している。

そして、儀式開始から一時間が過ぎたとき、突然部屋の中からものすごい悲鳴が聞こえてきた。続いて何か固いものが壁にぶち当たって砕ける音と、硝子《ガラス》の破砕音。

さすがに異状を感じて駆け寄ろうとすると、黒祭服のふたりは揺るぎなく扉を護ったまま、やはりクライスたちを追い払うように軽く手を上げて牽制《けんせい》してくる。さりげなく隊長を見ると『仕方ない、もどれ』と目配《めくば》せされた。廊下の向こう側でも、同じように同僚ふたりが渋々といった様子で持ち場にもどっている。そうしている間にも、部屋の中からひっきりなしに叫び声や罵声《ばせい》が聞こえてくる。

壁や扉が薄いということはないので、相当な大声を出しているということだ。

内親王殿下は十三歳。おとなしく内気な質《たち》で、人前で大声を出したことなどない姫だ。それが聞くに耐えないような淫語や卑語をがなり立てているとは。

「信じられません…あの声、本当に内親王殿下なのですか？」

「分からん。中には侍女もひとり同席しているから、そちらの可能性もある。しかし、声は――」

隊長はそこでしゃべるのを止《や》めた。同時に、さっきまであれほど騒がしかった扉の向こうが静まり返る。クライスのとなりで、隊長は呆然《ぼうぜん》としたように宙を見つめたあと、ふ…っと糸が切れた操り人形のようにその場に崩れ落ちた。

「隊長!?」

クライスは驚いて膝《ひざ》をつき、隊長の無事を確かめた。脈は正常、息もある。すぐさま廊下の向こうにいる同僚に視線を走らせると、信じられないことに向こうのふたりも廊下に倒れ、ぴくりとも動く様子がない。さらに扉の前を護っていた黒祭服の男ふたりも、クライスが見ている前で次々と崩れ落ちてゆく。

いったい何がどうなっているのか。

クライスは混乱したまま、まず同僚ふたりに駆け寄って脈を確かめた。こちらも隊長と同じ、外傷などはなく昏倒《こんとう》しているだけのようだ。クライスは次に扉の前に倒れている黒祭服ふたりに駆け寄り、他の三人と同じく昏倒しているだけなのを確認して、思わず額に手を当ててうめいた。

「何が起きてるんだ…？」

答えを求めて扉を見上げた瞬間、中からつんざくような悲鳴が響いた。

『いぃやぁあああぁッ!!　助けてぇええぇぇッ――――!!』

ドシンと扉に何か重いものが当たった振動に、把手《とって》をガチャガチャまわそうとする音が続く。

『止めろ、開けるなッ！』

厳しく制止する声をふりきって、中から扉を開け放った侍女が廊下に転がり出る。その瞬間。

限界まで引っぱられた綱がブツンと切れたときのような、厚い硝子か鋼板にピシリと亀裂《きれつ》が走ったような、音とも気配とも表現しがたい何かが弾《はじ》けた。開いた扉から汚物を焼いたような猛烈な悪臭と、花と緑の芳香がせめぎ合うような突風が押し寄せてくる。

クライスは左腕で鼻を押さえながら、夜のように暗い室内をのぞき込んだ。

寝台の上には手足を支柱に縛りつけられた内親王殿下が、目を閉じたまま瀕死《ひんし》の魚のようにわずかに身をのた打たせている。呼吸は荒いが命に別状はなさそうだ。

寝台の足元側では黒祭服の男が三人、三角形を描くように倒れている。その三角形の真ん中に白い祭服の悪魔祓い師《エクソシスト》――あの聖ミカエルスが跪《ひざまず》いてうつむいている。

窓は割れ、緞帳《カーテン》もずたずたに引き裂かれて床に落ち、絨毯《じゅうたん》には硝子の破片が夜空の星のように散らばっている。星屑《ほしくず》のような硝子片は、不思議なことに寝台と倒れた男たちのまわりだけ、まるで盾で防いだようにきれいな弧を描いて途切れている。

クライスは一瞬でそれだけ把握すると、儀式の最中は何が起きても許可なく中に入ってはいけないという、事前に受けていた注意を破って室内に足を踏み入れた。背後では廊下にへたり込んだ侍女が「ヒィ…ヒィ…あうわぅ」と呂律《ろれつ》がまわらないまま何かわめいていたが、今は無視するしかない。

内親王殿下は悪夢にうなされるように身をよじっている。ふつうならすぐに手足の拘束を解いてさしあげるべきだが、悪魔祓い《エクソシズム》の儀式中だ。勝手なことをして取り返しのつかないことになっては困る。ここは悪魔祓い師《エクソシスト》に指示を仰ぐべきか。

クライスは内親王殿下から絨毯の上に倒れている男たちへ視線を移した。

三角形を描いて倒れている三人のうち、ふたりはぴくりとも動かなかったが、残るひとり――王宮前の大階段でクライスを睨みつけてきた〝聖なる盾〟の男だ――は意識があるようだった。警戒しながら近づくと、伸びてきた腕に足首をつかまれる。

「待て…」

かすれて今にも消えそうだが、意思の力だけで気力を保っているような声を無視できず立ち止まり、屈《かが》み込んで男の言葉に耳を傾けた。視線は三角形の中心で跪いて石像のように動かない聖ミカエルスを捕らえたまま。

「おま…え、平気…なの、か」

まわりは全員昏倒している状態で、自分だけが何ごともなく動けていることを不審がられている。クライスが「ええ」と答えると〝聖なる盾〟の男は、苦しげに閉じた目を片方だけ開いて、クライスを見上げた。それから足首をつかんでいた手を離し、代わりに右の袖口《そでぐち》をにぎりしめて告げた。

「――エリファスを…護れ」

「エリファス？　それが彼の名前ですか」

うつむく聖ミカエルスを見つめたまま訊《たず》ね返すと、男が「そうだ」とうなずく気配がする。

「わかりました」

クライスは迷うことなく即答した。

「……目を覚ますまで、決して…傍《そば》から離れるな。勝手に…動かすな。無理に…呼び、もどすな。意識が…ないのは……で…闘っている、から…だ」

男は息も絶え絶えにそう告げると、悔しそうに口元を震わせて意識を失った。

クライスは言われたことを反芻しながらエリファスに近づいた。傍らに片膝をつくと同時に、それまで微動だにしなかったエリファスの身体がぐらりと揺れて倒れかかる。とっさに両手で抱きとめて顔をのぞき込んだ瞬間、クライスは立場も状況も忘れてその美貌《びぼう》に見惚《みほ》れた。

まさしく天使だ。銀色の靄《もや》がかかったようなくすんだ色合いの金髪は、先端が腰に届くほど長い。

触り心地は絹糸のようにしなやかでやわらかく、手のひらにしっとりと馴染《なじ》む。目元を飾る長い睫毛《まつげ》も髪と同じ色。閉じたまぶたの下にある瞳の色は分からない。肌は陶磁器のようになめらかで、血の気の失《う》せた今は本当に陶磁器製の人形のように見えた。

そのまま抱き上げようとして、男の言葉を思い出す。

『目を覚ますまで勝手に動かすな』

廊下で倒れている隊長や同僚のことも、室内に倒れている男たちのことも心配だったが、ぐっとこらえて腕の中で目を閉じている白い悪魔祓い師《エクソシスト》エリファスと、寝台の上で身動いでいる内親王殿下を見守った。待っている時間は数分のようにも、一時間のようにも思えた。

やがて、部屋に満ちていた奇妙な静寂は廊下を駆けてくる複数の足音と、倒れている近衛隊士たちを呼ぶ仲間の声で破られた。

「廊下のあれはいったい何ごとだ！　内親王殿下はご無事か!?」

まっさきに飛び込んできたのは王室近衛第二小隊長のベルカントだった。焦りをにじませたその大声に眠りを妨げられたのか、腕の中で死んだようにぐったりと脱力していたエリファスが、ふ…っと息を吐いて身動いだ。

「――……ん…」

「エリファス？」

思わず声をかけ、しまったとあわてて口をふさぎ、改めてエリファスの顔をのぞき込む。

どうやら目を覚ます兆候のようだ。ゆるく何度か首をふってから、わずかにまぶたが開いてゆく。

「…ん、ぅ…る…せ…」

「んるせ？　気がついたんですか、大丈夫ですか？　何があったんですか？」

「――…」

耳元に口を寄せて訊ねると、エリファスは目元を歪めて口を開きかけた。その声が届く前に、遠慮なく室内に踏み込んできた第二小隊長ベルカントの大声にかき消される。

「クライス・カルヴァドス中尉、いったい何が起きたのか報告せよ！」

「お待ちくださいベルカント隊長、今、悪魔祓い師《エクソシスト》殿が目を覚まして」

「目を覚ました!?　それじゃ今まで寝てたということか？　儀式はどうなったんだ？　隊士たちはなぜ廊下で倒れているッ？　何が起きた!?　まさか本当に悪魔が現れて暴れたわけじゃあるまいな！」

「…うるせぇ、静かにしろ」

胸元から聞こえてきた不機嫌極まりないうなり声に、矢継ぎ早にまくしたてていたベルカントが驚いて目を瞠る。

クライスはあわてて、今のは自分じゃありませんと小さく首を横にふった。その腕の中で、エリファスがゆっくりと身を起こす。しどけなく乱れた金髪をかき上げながら、天使のように麗しい顔からは想像もつかない、乱暴な口調で滔々《とうとう》と文句を言い連ねる。

「……ったく、どいつもこいつもぎゃあぎゃあ騒ぎまくりやがって、おかげで奴《やつ》を逃がしちまったじゃねーか。この落とし前どうつけてくれんだよ」

少しかすれてはいるものの耳に心地いい甘い声なのに、出てくる言葉は下町のごろつきのようだ。

「エリファス…さん？」

「誰だ、おまえ」

上目使いでキッと睨み上げてきた瞳は、最上級の鋼玉《サファイア》と緑柱石《エメラルド》を重ねたような青味がかった緑色。くすんだ金色の睫毛が羽根飾りのようだと、ぼうっと見惚れているとペシリと頬《ほお》を叩《たた》かれた。

「勝手に触んな、手を離せ。オレはべたべたされるの嫌いなんだよ」

「あの！　自分の名前はクライスです。クライス・カルヴァドス」

自己紹介の機会を逃してなるものかと素早く名乗り、立ちあがろうとしてよろけたエリファスの身体をしっかり受け止めて、また睨まれた。神々しいほど端麗な美貌というのは、視線だけで人を制する力があるのだと初めて知る。けれどひるんではいられない。口では威勢のいいことを言っていても、クライスの腕にすっぽり包まれてしまうほど細い身体は、寝たきりだった病人のようにふらついている。

もう抗《あらが》う力もないらしく、おとなしくクライスの腕に身を任せ、抱きかかえられるようにしてエリファスが立ち上がると、待ちかまえていたベルカント小隊長が彼に詰問をはじめた。

「失礼ですが、事情を説明していただけますかな」

エリファスは蠅《はえ》でも追うように手をふってうるさそうに顔を背け「説明はあとだ」と小さくつぶやいた。その顔色がひどく悪い。

「レギウスは、死んだのか……？」

ベルカント小隊長を無視したエリファスの視線は、クライスの足をつかんで「エリファスを護れ」と言った男に向けられている。死んだのかと訊ねた声は平坦で、そこからふたりの関係性は見えてこない。

「彼なら気絶しているだけです。命に別状は…」

「外傷はないだろうが、たぶん内臓をやられてる。手当てしてやってくれ。あとのふたりも」

淡々と告げる声はささやくように小さい。小隊長の耳には届かないだろう。クライスがエリファスの言葉を復唱してベルカント隊長を見ると、彼は苦々しい表情を浮かべながら慇懃《いんぎん》に訊ねた。

「内親王殿下を拘束している紐《ひも》はお外ししてもかまいませんか、悪魔祓い師《エクソシスト》殿」

エリファスはクライスだけに聞こえる小声で「かまわない」とうなずいた。血の気の失せたまぶたは半分閉じられ、腕にかかる体重がいっそう増してゆく。

「かまわないそうです」

「よし！　ケニスとラズロウは内親王殿下を拘束している紐を外して紫欄《しらん》の間へお移しせよ。アルクは侍医を呼んで殿下の手当てを。残りの者は倒れた者を担架で運び出せ。カルヴァドスはここに残って経緯の説明を――」

てきぱきと指示を下していたベルカント隊長の声が途切れる。クライスの腕の中で、白い祭服に身をつつんだ悪魔祓《エクソシスト》い師が完全に気を失っていたからだ。――正確には『寝落ち』が正しいのかもしれない。自分以外の誰の耳にも入らなかったと思うが、意識を失う寸前、エリファスは確かに「眠い…」とつぶやいた。そして聞こえてくるのはスゥスゥという規則正しい息使い。要するに寝息だ。

ベルカント隊長は呆《あき》れたように眉根を寄せて、てきぱきと新たな指示を加えた。

「ラッセル、ユルバン！　悪魔祓《エクソシスト》い師殿を部屋へ運んでさしあげろ。念のため医師も呼んで診てもらえ。それから気絶しているヴァレンテ直属の護衛官たちに代わって、そのまま警護についてくれ。あとで交代要員を派遣する。カルヴァドスはこちらへ」

ベルカント隊長の指示を受けて、ふたりの隊士が近づいてくる。クライスは未練がましくエリファスを強く抱きしめてから、細い身体をふたりに委《ゆだ》ねた。

クライスの手を離れたとたん、目を閉じたままエリファスが顔をしかめる。偶然とはいえ、まるで自分から離されて別の男に抱えられたことに不満を感じているようで、変な具合に胸が疼《うず》いた。

ベルカント隊長の問いに答えながら経緯を説明しはじめたクライスの視界の端で、同僚の近衛隊士に抱えられて部屋を出て行くエリファァスの、くすんだ長い金髪がいつまでも心に残って仕方なかった。

† Ⅱ 天使を護衛

「君にエリファァス・キングスレー氏の身辺警護を命じる」

クライスが正式な辞令を受けとったのは、その日の夜だった。

夕方まで事情説明で拘束されたあと、ようやく解放されて官舎にもどった。それから庭の手入れを少しして訓練場で剣と体術の自主訓練を行い、浴場で汗を流して遅めの夕食を摂《と》り、図書館から借りてきたクリストゥス教の聖典と史書に目を通すうちに眠気が訪れたので、早めに寝台に入ったところで呼び出しを受けたのだ。

急いで翌日用に整えておいた制服に着替え、手櫛《てぐし》で髪を撫でつけながら司令部へ向かうと、王族の身辺護衛を統括している王室近衛第一大隊長が、直々に待ちかまえていたというわけだ。

「エリファァス・キングスレー氏が帰国するか、直属護衛官が復帰するまで一日二十四時間行動をともにして、決して目を離さないように。一日二十四時間といったが交代要員はいない。もちろん目立たないよう周囲に隊士を配置はするが、直近警護の許可が下りたのは君だけだ。相手はヴァレンテの教皇聖下にも影響力を持つと言われる国賓待遇の超大物だ。粗相があれば国際問題に発展するし、我がオリエンスの国益も損ねかねない。気を引きしめていけ」

予想もしなかった展開に最初は戸惑ったが、天使のような青年を護る役目を任されたことは単純に嬉《うれ》しい。そして同時に気を引きしめる。クライスは背筋を伸ばして拝命の礼をとった。

「は！　ひとつ、質問してよろしいでしょうか？」

「なんだ」

「そのような重要人物に、なぜ私《わたし》が抜擢《ばってき》されたのでしょう？　他にもっと優秀な隊士が」

「エリファス・キングスレー氏直々の指名だ」

やばい。顔がにやけそうになる。クライスは意識して口元を引きしめた。

「君がこの任務を終えるまで、通常の輪番からは外す。エリファス・キングスレー氏の要望には可能な限り対応して差し上げるようにと、上からの命令だ。私にいちいち指示や許可を仰ぐ必要はないが、報告は忘れるな」

「はい。すごい待遇ですね」

「ああ。要するにエリファス・キングスレー氏自身が一種の治外法権のようなものだ。王宮の禁所以外はどこでも出入り自由。陛下への拝謁希望以外は、誰にでも面会を申し入れる権利もある」

それはさぞ煙たがられることだろう。

オリエンスにも占い師や呪術師《じゅじゅつし》がいて、悪霊祓いや魂寄せ、口寄せ、降霊術といったものも、わりと身近で馴染んだ存在だ。けれどそれらにはどことなく狡猾《こうかつ》で胡散《うさん》臭い印象もついてまわる。ヴァレンテの公式悪魔祓い師《エクソシスト》とはいえ、本国から遠く離れた島国オリエンスでは、少し高級な呪術師扱いをする者も多い。クライス自身は懐疑派でも肯定派でもない。あるものはあるし、いるものはいる。霊や魂の存在をことさら大袈裟《おおげさ》に言い立てる必要もないし、見えないものは存在しないと否定する必要もないと思っている。

「任務開始は本日只今《ただいま》からだ。一度官舎にもどって必要な荷物をまとめ、……その髪をもう少しなんとかしてからエリファス・キングスレー氏が滞在している部屋へ急行せよ」

「は！」

クライスはきっちり敬礼してから踵《きびす》を返し、毛先が跳ねまくっている髪を押さえて司令部をあとにした。短く整えてはいるもののクライスの髪はやわらかくて量が多く、変なところで自己主張する癖がある。きっちりまとめるために毎日ごく少量の整髪油を使っているが、今夜は急いでいたので忘れてしまった。

「これ以上短くすると、寝癖がついたとき悲惨だしな…」

手櫛で押さえつける端から、早い歩調に合わせてゆさゆさ揺れる髪に苦労しつつ、官舎の部屋まで駆けもどると、小さな常夜灯に照らされた自室の扉前に人影をみつけて立ち止まった。

「誰だ？」

誰何《すいか》しながら、それが白い祭服姿のエリファスだと気づいた瞬間、駆け寄っていた。

「エリファス…さん！　どうしたんです⁉　まさかここまでひとりで？」

「今夜から仕事が終わるまで、ここで寝泊まりする」

「は…？」

当然のことのように宣言されて一瞬言葉を失う。けれどすぐに自失から立ち直り、とにかくエリファスの安全を優先することにする。近衛隊士の官舎は、おそらくこの国でもっとも安全な場所だと思うが、クライスは念のためエリファスを背中に庇《かば》いながら周囲をみまわし、異状がないことを確認してから扉の鍵《かぎ》を開けた。

「立ち話もなんですから、とりあえず中へどうぞ」

部屋に入って戸締まりを確認すると、緞帳《どんちょう》をひいてエリファスに向き直る。

「ええと…それで、なぜ私の部屋へ？」

「眠い」

「はい？」

「寝る」

「え、ちょっと、話がぜんぜん見えないんですけど」

さっきから会話がなりたっていない。とりあえず状況は理解できるものの、相手が何を考えているかはまるで分からない。――が、そもそも一日二十四時間の身辺警護を命じられた相手なので、警護する場所がどこであろうとやるべきことは変わらない。むしろ狭くて勝手知ったる自室なら仕事がしやすくて助かるくらいだ。

エリファスはクライスの声を無視して、窓際に置かれた長椅子《いす》にすたすたと近づいたかと思うと、コロンと横たわって目を瞑《つむ》り、手足を丸めた胎児のような格好で寝息を立てはじめた。

驚くほど寝つきがいい。

「やれやれ」

クライスは頭をひとふりして、ぐっすり眠っているエリファスを抱き上げて寝台まで運んでやった。上衣《キャソック》を脱がせて下着の襟元をゆるめたとき、細い首に銀鎖《ぎんさ》がかかっているのが見えた。鎖の先には丸いペンダントが下がっている。襟からこぼれ落ちそうなそれを服の中にもどしてやり、静かに毛布をかけてやる。その間も目覚める気配はない。

――天使のような顔をした口の悪い悪魔祓い師《エクソシスト》。

寝顔は赤ん坊のようにあどけなく、髪からは花の香りがする。うっすらゆるんだ唇は思わず触れたくなるほど淡い珊瑚色《さんごいろ》をしている。もちろん無断で触ったりしないが。

歳はいくつで、どんな育ち方をしたんだろう。兄弟や家族は？　こんなに若いのに、どうやって悪《エク》魔祓い師《ソシスト》になったんだろう。

クライスは寝台の端に腰を下ろし、こころゆくまでエリファスの寝顔を堪能《たんのう》しながら眠りに落ちた。

翌朝。

寝台の縁《ふち》から今にも落ちそうな体勢で、クライスはいつもの時間に目を覚ました。

となりで眠るエリファスを無意識に気遣って寝返りを打たなかったせいなのか、節々が少し強張《こわば》っている。ゆっくり身体をほぐしながら静かに身を起こし、となりの様子をうかがうと、エリファスはまだぐっすり眠っていた。

窓の外は初夏らしく、そろそろ明るくなりはじめている。厚い緞帳のすき間から、明け方特有の澄んだ光がにじみはじめている。クライスは寝室の扉を開け放ったまま居間へ行き、音を立ててエリファスを起こさないよう気をつけながら着替えと洗顔を済ませた。寝室で動きがあればすぐ駆けつけられるよう意識を向けながら、柔軟体操を念入りに行い、腕立て伏せと腹筋を各五十回ほどこなしたところで、立ち上がって寝室をのぞき見る。寝台を独り占めにしたエリファスはまだ眠っている。仕方ないので居間にもどって書き物机の前に座り、昨夜からの報告書をまとめてしまうことにした。

朝の八時を過ぎたところで、もう一度寝室へ様子を見に行く。エリファスはさっきとちがう姿勢でまだ眠っていたが、クライスが窓の緞帳を開けて朝の光を浴びさせると、まぶしそうに右腕で目元を覆い、もぞもぞと寝返りを打って背を丸めた。

そんなに眠いなら寝かせてやるべきか。それとも一度起こして食事を摂ってもらうべきか。少し迷ったものの、目元を覆っている細い腕を見て結局起こすことにした。

「エリファスさん、朝です。起きて食事を摂ってください」

「んー…」

「眠かったら、食べたあとでまた寝ていいですから」

子どもに言い聞かせるように声をかけると、エリファスは目を閉じたまま不満そうに「んん…」とか「うぅ…」とうなり声を上げ、何度か寝返りを打ったあと、渋々と瞬《まばた》きをくり返して目を開けた。

そのままもそりと起きあがる。

絹糸のようだった金色の髪が、綿菓子のようにくしゃくしゃにもつれてしまっているのに、本人は気にならないらしい。手櫛で整えることもせず、無理やり起こしたクライスをひと睨みすると「くわっ」と欠伸《あくび》をしながら、気持ちよさそうに伸びをした。

「おはようございます」

「…うん、おはよう」

無造作に目をこすりつつ、すんなり返してくれた素直な挨拶《あいさつ》に正直少し驚いた。昨日のやりとりから、もっと居丈高で自分勝手で、他人のことなど気にかけない性格かと想像していたが、どうやら杞《き》憂《ゆう》のようだ。

「体調はいかがです、朝食は食べられそうですか？」

「――…だるくて、眠いだけだから心配ない。飯《めし》は食う」

「分かりました、ここに運ばせます。苦手な食材とかあったら仰《おっしゃ》ってください」

「肉類だけ除《よ》けてくれたら、あとはおまえと同じものでいい」

「魚は？」

「魚も貝も卵も」

「了解しました」

要するに菜食ということか。クライスは扉の外に待機しているはずの隊士仲間に伝えるため、寝室を出ようとしてふり返った。

「私の名前はクライスといいます。クライス・カルヴァドス」

「知ってる。昨日聞いた」

なんだ、ちゃんと聞こえていたのか。覚えているなら名前で呼んでくれたらいいのに。

クライスは、むっつりと不機嫌そうな表情のまま寝室の壁や簞笥《たんす》を珍しそうに見まわしているエリファスに、ちらりと視線を向けてから扉に向かった。

豆のスープと根菜の煮込み、種なしパンにジャム、葡萄《ぶどう》酒の果汁割りと新鮮な水という朝食が届くまでに、クライスは自分の庭で採れた香菜《サラダ》の盛り合わせを作って献立《メニュー》に彩りを添えてやった。

自分の分は、エリファスと同じ内容に大きな鳥の蒸し焼きとゆで卵を二個加えたものだ。分量は倍以上ちがったが。

　食事と一緒に運んでもらった折りたたみ卓《テーブル》の上にならべた料理を黙々と口に運び、次々と咀嚼《そしゃく》して飲み込んでいると、向かいの椅子に座ったエリファスが珍しそうにちらちらと見つめてくる。何か言いたいことがあるのだろうかと、視線を向けたとたん目を逸《そ》らされる。食事に集中しようとすると、やはり見つめられて何やら調子が狂う。けれど悪い気はしない。

　クライスが雛豆《ひよこ》のひと粒も残さず、すべての皿を平らげて手巾《クロス》で口を拭《ぬぐ》うと、エリファスも食器《カトラリー》を置いて食事を終えた。王宮の厨房《ちゅうぼう》から運んでもらった料理は半分近く残っていたが、クライスが作った香菜《サラダ》の盛り合わせだけは、葉の一枚も残さず消えている。

「香菜《サラダ》の盛り合わせ、口に合いましたか」

「ああ、これが一番まともだった」

「お代わり、作りましょうか？」

「いいのか？」

「はい。材料なら庭にいくらでもありますから」

「じゃあ、さっきの半分くらいの量で頼む」

「わかりました」

　クライスはもう一度庭に出て香菜を摘むと、飲み水で洗ってから手早く千切り、きれいに混ぜ合わせて皿に盛った。その間も不測の事態に備えながら、意識は常にエリファスから離さない。

卓上に皿を置いて目の前で軽く塩をふってやると、エリファスは待ちかねたように食べはじめた。

「美味《おい》しいですか？」

「……これは美味《うま》い。他は、まあなんとか我慢できる程度」

「昼食は大食堂に行ってみますか？　もっといろいろな料理がありますよ」

「大食堂？」

誘ってから失敗したなと思う。官舎用の大食堂は、確かに一〇種類近くの献立が用意されているが、どれも味は大雑把だ。唯一の取り柄は量の多さで、エリファスのように小食な人間には向かない。が、今さら撤回するのも失礼か。

「ええ。興味があるなら」

「起きられたら、行く」

「まだ眠いですか？」

「だるいし眠い。……しょうがねぇんだよ、儀式のあとはいつもこうなる。今回は途中で逃げられて負担がこっちに来たし…行方を捜さなきゃいけねぇしで、いろいろ疲れんだよ」

「別に責めてはいません。こっちこそ無理やり起こしてすみません。悪魔祓《エクソシズム》いについても勉強不足だし、教会の戒律についても詳しくないので、何か失礼があったら遠慮なく叱《しか》ってください」

素直にそう詫《わ》びると、目の上に落ちてくる前髪を無造作にかき上げたエリファスが、こちらをじっと見つめてくる。なんだろう。隠しておきたい秘密まですべて曝《あば》かれてしまうような、奇妙に力のある瞳だ。盲目の人が手で触れて顔の形や人の全体像を確認するように、視線で精査されているような気がする。けれど、嫌な感じはしない。

「おまえ、昨夜《ゆうべ》」

「クライスです」

言葉をさえぎる無礼は承知の上で、にっこり微笑んで自分を指さしてみせる。

エリファスはわずかに眉根を寄せてから、こだわることなく「クライス」と言い直してくれた。

「クライスは昨夜、よく眠れたか？」

「はい？　ええ、ぐっすりと」

護衛対象に異変があればすぐに目が覚めるよう訓練されているし、短い睡眠をこまめに取って疲労回復するよう身体を慣らしてあるので、問題ない。

「悪夢を見たとか、変な気配を感じて目が覚めたとかは」

「夢は覚えていません。――……気配というのは、生身の誰かという意味ですか？　それとも」

「見えないけど感じるってやつ」

「すみません。自分、そっち方面は鈍感らしくて、さっぱり」

エリファスはフォークに挿した金蓮花《ナスタチウム》とパセリを口に含みながら、物言いたげな瞳をちらりと寄こした。香菜を咀嚼して飲み込んだ口元が、ゆっくり笑いの形に変わる。

「そうみたいだな。昨日のアレが平気なやつなんて、初めてお目にかかったよ」

「はあ…」

褒められているのか貶《けな》されているのかよく分からないが、エリファスが楽しそうなのでまあいいか。

食事を終えるとエリファスが眠そうに大きな欠伸をしたので、クライスは「どうぞ」といって寝室にもどるよう勧めた。その前に替え用の歯ブラシをわたして、歯を磨いている間にくしゃくしゃの髪を梳かせてもらったが、嫌がられもせず文句も言われなかった。

昼と夜、食事のために目を覚ます以外、エリファスはその日一日、昏々と眠って過ごした。

クライスはその間に、外で警護についている隊士に報告書をわたし、代わりに現在の状況報告を受けとった。それによると内親王殿下の様子は安定し、関係者一同は悪魔祓い《エクソシズム》が成功したおかげだと喜んだが、クライスの部屋に来る前にエリファスが『これは一時的な休戦状態にすぎない』と注意をうながしたらしい。エリファスの護衛官だった五人のうち、昏睡状態のふたりは本国に送り返し、残りの三人は快復するまで王宮内にある療養所で治療を受けるという。侍医の見込みでは床払いまで半月ほどかかるそうだ。

レギウスと呼ばれていた目つきの鋭いあの男が復帰すれば、自分はたちまちお役御免となる。そうしたらこんなふうに彼の寝顔を見る機会は、もう廻《まわ》ってこないだろう。それが少し惜しいと感じる。

「……――」

クライスは無防備な寝顔をさらしているエリファスの枕元《まくらもと》に跪き、自分が梳かしてやった金色の髪をそっと撫でて小さく溜息《ためいき》を吐《つ》いた。

エリファスとようやくまともな会話ができたのは翌日。

クライスはいつもの時間に目を覚まし、いつもの日課をこなして、届けられた朝食と手作り野菜《サ》の盛《ラ》り合《ダ》わせを卓上に用意してからエリファスに起きるよう声をかけた。

エリファスは昨日と同じように目を瞑ったまま、名残惜しそうにごろりごろりと寝返りを打ったあと、もそりと起きあがった。そうして無造作に伸びをする。眠っている間にいくつか釦が外れた寝衣が肩から落ちて、白い肌と薄い珊瑚色の乳首が露《あら》わになる。男の胸など共同浴場で毎日見ていて、何も感じたことなどなかったのに、花びらのようなエリファスのそれが目に入った瞬間、なぜが心臓が小さく跳ねた。

見てはいけないものを見てしまったような背徳感。もっとよく見てみたいという欲求がどこからくるのか。深く考えるのはあとにして、さりげなく襟を直し釦を嵌《は》めてやると「几帳面《きちょうめん》だな」と言われて、曖昧に笑って誤魔化した。

昨日届けてもらった衣裳《いしょう》箱から着替えを取り出して寝台の上に置き「着替えてください」と言い置いて寝室から出る。それから十五分ほど経っても出てこないので様子を見に行くと、エリファスは寝台脇の卓上に飾られたクライスの家族写真と、その前に置いてある懐中時計にじっと見入っていた。

懐中時計は祖父からの贈り物で、木製の蓋《ふた》を覆う美しい林檎《りんご》の樹と実の意匠は、祖父が仕事の合間に手彫りしたものだ。故郷を出てから今日まで、毎日一度は手に持って撫でているせいで、表面は艶《つや》やかな飴色《あめいろ》に光っている。

「エリファスさん」

「なんだ」

「着替えないんですか？」

「…ああ、忘れてた」

エリファスは手を伸ばして着替えを手に取ったかと思うと、外から聞こえてきた小鳥のさえずりに注意を引かれたらしく、ふらりと立ち上がって窓際に行き、そのまま朝陽を浴びて緑色に輝く芝生を眺めはじめる。クライスはしばらく待ってから、もう一度「エリファスさん」と声をかけた。

「着替えて食事にしましょう」

「ああ…うん、――めんどくせぇな」

エリファスは大きく欠伸をしながら寝衣のあわせに突っ込んだ左手でぼりぼりと平らな腹をかき、

右手でくしゃくしゃの前髪を無造作にかき上げた。

——なんでこんなにきれいなのに、動作がいちいちがさつなんだろう……。

がさつなのに、根底には不思議な品の良さがある。どちらも肌に馴染んだ自然さで、わざとらしさは感じられない。他人のことなど我関せず、好きなようにふるまっているのに素直でもある。

クライスは思わず頭を抱えたくなるのをこらえてエリファスに近づき、失礼しますと断ってさっき留めた釦を外しはじめた。寝衣の前を開くと、エリファスは脱ぎやすいよう腕を軽く上げてなすがままになる。着替えが嫌なのではなく、本当に面倒《めんどう》くさいだけだったらしい。

そこでようやく気づいた。相手はへたな国の王より権力と影響力を持った、いわば高貴な人物だ。服の脱ぎ着も髪の手入れも、自分でしたことなどないのかもしれない。

それにしては、乱暴な言葉使いが不可解だが。

クライスの疑問をよそに、エリファスはクライスが髪を梳かしている間も窓の外をながめ、気持ちよさそうにときどき欠伸をしていた。

身繕いをすませて食卓につくと、ようやく我に返ったようにクライスを見て眉根を寄せる。

「大食堂には行かないのか？」

「それは昼にしましょう。今日は先に風呂《ふろ》に入ろうと思います」

「風呂？」

「ええ。その前に一応、確認させてもらいますが、この部屋で寝起きするのは不便じゃありませんか？　王宮内に用意された客間にもどるならお伴して、そのまま警護につかせていただきますが」

クライスは昨日届けられた衣裳箱とかさばる旅行鞄《かばん》のせいで、いつもより狭く感じる部屋を示してみた。衣裳箱も鞄も、独身用の官舎には大きすぎる。

「あそこじゃ気が休まらないから嫌だ」

「――なるほど」

「どこの国でも王宮なんて、過去の亡霊がうじゃうじゃいるんだぞ。各年代ごとに多層焼《パイ》きかってくらいみっしり積み重なってて、除けても除けてもまとわりついてくるし」

悪魔祓い師《エクソシスト》らしい理由をクライスは素直に受け入れた。

「わかりました。こんな狭い部屋でよければ心ゆくまでご滞在ください」

「狭くはねぇよ。立派な部屋だろ」

驚きを顔に出さないよう気をつけて、ありがとうございますと答えたものの、ますますエリファスのことが分からなくなった。もしかしたら高貴な生まれではなく庶民の出なのだろうか。護衛を任されたからといって無闇《むやみ》にあれこれ質問するのは職務に反するので詮索《せんさく》はしないが、興味は尽きない。

朝食のあとは風呂、といってもクライスがいつも使っている近衛隊士用の共同浴場ではなく、司令部にある上官用の個室を使わせてもらった。もちろん事前に連絡済みなので、すみずみまで磨き上げられた浴槽には澄んだ湯が満々《まんまん》と用意されている。

予想通り、ここでもエリファスは服を脱ぐ途中で手が止まり、続きはクライスが面倒を見た。

上衣《キャソック》と下着を脱がせると、首にかかった銀の鎖が目に入る。その先に下がったペンダントはよく見ると懐中時計のように蓋が開くようになっていた。そのまま風呂に入るのはまずいだろう。

「これは、外していいですか？」

「…ああ、うん」

それまでぼんやりしていたエリファスが小さくうなずいて、のろのろと首の後ろに手をまわし、留め金を外そうとするのを、クライスは手を出さずに見守った。細くて長い器用そうな指は見た目に反して不器用なのか、エリファスは留め金を外すのに手こずり、ようやく外れたかと思ったとたん、手の中からするりと落ちてカツンと床に当たった。エリファスが珍しく焦った声を上げる。

「あ…！」

ちょうど足元に転がってきたのでクライスが拾い上げると、落下の衝撃で開いた蓋の中がちらりと見えた。十歳くらいの子どもの写真だ。一重の目つきは悪く、髪はぼさぼさで痩《や》せている。顔立ちも全然ちがうのに雰囲気がエリファスに驚くほどよく似ていた。

「弟さんですか？」

自分の失態に少し苛立《いらだ》っているようなエリファスの手に、ペンダントをもどしながら世間話のつもりで訊ねると、エリファスが弾かれたように顔を上げた。光の加減で青にも緑にも見えるきれいな瞳が、驚きで丸くなっている。何か変なことを訊いてしまったのだろうか。

「弟…？　どうしてそんなふうに思うんだ。こいつとオレ、全然似てねぇだろ」

不機嫌で挑むような口調の底に、強い何かを感じる。触れてはいけない話題だったのかと後悔しつつ、クライスは素直に自分が受けた印象を口にした。

「確かに骨格とか顔立ちは別系統ですけど、雰囲気がそっくりじゃないですか。特に目つきとか」

たとえは失礼だが、可愛がられている犬が飼い主とそっくりな雰囲気になるのと近い。目つきは、悪さではなく強さが同じという意味だ。肉親や親族でないとしても、かなり親密な関係のはず。

エリファスの瞳がさらに大きくなる。そのまままじまじと見つめられて戸惑った。例の、心の中まで見透かすような強い眼差しだ。水晶の細《さざれ》で細胞のひとつひとつまで洗われているような感覚。

「クライス、おまえ…」

エリファスは信じられないものでも見たように、呆然とクライスの名を呼びながら手を伸ばしてきた。その指先が頬に触れ、存在を確かめるように顎《あご》まですべり落ちてゆく。

その瞬間、下から自分を見上げてくる瞳の色が視界いっぱいに広がったような気がした。

温かく、豊かでゆるぎない何か。夏の海岸で陽射しに温められた、軽やかな波を受けているような。何度もくり返し押し寄せてくるもの。

抱擁、歓喜、受容。

扉が開いて招き入れられる、無条件の愛情。

エリファスは満足そうに小さく微笑んでクライスから手を離した。そうしてペンダントの蓋を閉じ、脱いだ服の上にそっと置いて浴室に入ってゆく。無防備に向けられた背中がクライスに対する信頼を表していた。

言葉は特になかったけれど、どうやら自分はエリファスに気に入られたらしい。理由はおそらく、写真に対する反応だ。それでどうしてこれほどとは思ったけれど、この一件で彼の信頼を得たのは確かだった。

エリファスはそのまま機嫌よく身体を洗いはじめたものの、鴉《からす》のほうがよほど真面目に羽繕いしますよと言いたくなるほど適当で大雑把。成り行きを唖然《あぜん》と見守っていたクライスは、ふっと肩の力を抜いて上着を脱ぎ、彼の入浴を手伝うために浴室へ足を踏み入れた。

明かり取りの窓から射し込む陽射しを受けて、きらきら光る沸かしたての熱い湯に浸《つ》かりたい誘惑に駆られたのは、エリファスの裸体を目にした動揺から逃れるためだったのかもしれない。

浴槽から立ち昇る湯気の中、瑕《きず》ひとつない肌は白玉《はくぎょく》のようで触れるのをためらっていたら、クシュン…ッと小さなくしゃみが聞こえた。あわてて白い背中に湯をかけ、手早く洗い流してゆく。気をつけていても、動くたびに身体の中心にいきづく淡い茂みとエリファス自身が目に入って困る。小ぶりだけど形はいい。クリストゥス教の神父には不犯《ふぼん》の掟があるそうなので、エリファスも女性を抱いたことはないのか——。黙って身体を洗っていると埒《らち》もない考えが浮かんで仕方ないので、平静を装って声をかけた。

「エリファスさんは何歳ですか？　私は先月二十八歳になりました」

「二十三だ。さんはつけなくていい」

詮索するなと嫌がられるかと思ったら、すんなり教えてもらえて嬉しくなった。二十三歳ということは五つ歳下だ。もう少し若いかと思ったけれど、言われてみればそうかと納得できる。さらに、呼び捨てでもいいと言われたので遠慮なく従うことにした。

「エリファス」

「なんだ」

「今日はこれからどうしますか？　護衛官の方々を見舞うならご案内します」

「別にいい。あいつらの顔なんて、しばらく見なくてすむかと思うと清々する」

なんとも憎々しげに言い捨てられたので反応は控えた。ヴァレンテの大物悪魔祓い師《エクソシスト》とその直属護衛官たちの間に、どんな確執があるのか興味はあるが、近衛入隊前に叩き込まれた教訓が知りたいという好奇心をねじ伏せる。護衛対象者に対する過度の深入りは禁物だ。

分かりましたとうなずきながら白い背中に湯をかけて石鹸《せっけん》の泡を洗い流し、浴槽に浸かってもらった。厚手の浴布《タオル》を畳んで浴槽のふちに置き、そこに首を預けてもらい髪も洗う。用意されていた石鹸や香油は王族用のものらしく、繊細で芳しい香りが広がってゆく。

「くすぐったかったり痛かったりしたら教えてください」

「行ってみたいところがある」

「はい？」

会話がときどき嚙《か》みあわないことには、さすがに慣れてきた。

「王都の中で一番古い神殿か祠《ほこら》、寺院、なんでもいいけど、とにかく古くて皆に忘れられてる所」

「忘れられてる所…ですか。わかりました。少し時間をいただければ、調べてお連れいたします」

「頼む」

他者に命じ慣れた自然な物言いに、こちらも自然と従いたくなる。心が軽く浮き立って笑みを浮かべながら、髪を洗い流して浴布を巻いてしまうと、エリファスがそれまで閉じていた目を開いた。

「クライスは身体を洗わないのか？」

言われて我が身を見下ろした。袖なしの下着も脚衣《ズボン》もすっかりびしょ濡《ぬ》れになっている。身体の汚れ自体は、昨日エリファスが眠っている間に清拭《せいしき》をすませたので大丈夫のはずだが。

「臭《にお》いますか」

「いや別に。だけどそんなに濡れちまったんだから、ちゃちゃっとそこで洗っちまえよ。別にオレはかまわないから」

「…………」

クライスはしばし近衛隊士の規則について思いを馳《は》せてみたが、二十四時間目を離すなと言われている現状では、臨機応変も大切だと判断を下した。

「では、お言葉に甘えて失礼いたします」

ひと呼吸の間に服を脱ぎ、湯の雫《しずく》を飛ばさないよう注意しながら、隊士仕込みの素早さで身体と髪を洗ってしまう。全部で五分もかからない。あまりに早くすませてしまったので、エリファスが驚いて目を瞠っている。それにニコリと笑いかけると、エリファスは呆然とした表情のまま、

「ここにも、一緒に入るか」

大きめの浴槽の片側に身を寄せ、空いた自分の横を指差した。

「いえ、それはさすがに失礼ですから…………というか、信者でもない人間と同じ湯に浸かったりして平気なんですか？」

クリストゥス教は一神教で、基本的に異教の存在を認めていない。ここ百年ほどでだいぶゆるんできたとはいえ、昔は「信徒に非《あら》ずんば人に非ず」という勢いで異教徒を不浄あつかいしたり、異端審問に精を出した歴史がある。今でも熱心な信者は異教徒と同じ火を使ったり水を共有するのを嫌がると、昨夜読んだばかりの『クリストゥスの教え《入門編》』に書いてあった。信徒でそうなのだから、

彼らに神の教えを授ける神父や司祭の立場になれば、そのあたりはもっと厳格なのではないか。

「ばかばかしい。そんなことにこだわるのは、神や精霊の本質を理解してない証拠だ」

「そうなんですか、安心しました。――そろそろ上がりましょうか」

熱い湯に浸かったおかげで、エリファスの青白かった頬が薔薇《ばら》色に染まっている。身体も充分温まったようだ。

窓から射し込む陽光を受けて渦を巻く湯気や、陶片と漆喰《しっくい》で固めた床を流れる湯のきらめきを目にするたび、動きを止めて見入ってしまうエリファスを助けて浴室を出ると、身体を拭い、服を着せ、髪の水気をしっかり取ってから少量の香油を擦り込んでやった。

これで明日の朝は、髪が綿菓子みたいにならずにすむだろう。

風呂のあと、午前中は王宮内の図書室に出向き、古い宗教施設の場所を調べて過ごしたが、はかばかしい結果は得られなかった。浴場を使わせてもらうとき司令部の人間に要望を伝えて協力を仰いだので、そのうち報告が届くだろう。

昼食は約束どおり大食堂に赴いて一緒に食べた。近衛隊士たちはオリエンスには珍しい金髪と、白い祭服を身につけた佳人の出現に驚いていたが、訓練の行き届いた選良《エリート》らしく必要以上に騒ぎ立てたりはしなかった。

普段は上官が座る窓際の眺めのいい席に座ると、エリファスは物珍しそうにあたりを見まわし、給仕が持ってきてくれた料理に眉をひそめながらも、文句は言わず食事を終えた。

官舎にもどる途中で、情報局が調べてくれた古い宗教施設の報告書を受けとった。添付された地図には二十以上印がついている。それを見せるとエリファスは方向を変え「今から街へ行く」と言い出した。出かけるのはかまわないが、クリストゥス教の祭服、それも白では目立ちすぎる。王宮の客間からクライスの部屋に運び込まれた衣裳箱には、通常服らしき白の祭服一式が五組、正装用の壮麗な白祭服が二組。他は下着や靴下、手袋、頸垂帯《ストラ》など。

「もう少し地味な、普段着はありませんか」

「これが普段着だ」

別にかまわないだろうと首を傾《かし》げられて天を仰ぎたくなる。王都の治安はいいほうだが、大国の要人がひと目でそれとわかる格好で、側衛をひとりしか伴わず気軽に出歩くのはさすがに危険だ。せめて変装くらいして欲しい。

反発されるのを覚悟でそう説明すると、「わかった」とあっさり受け入れられて逆に驚いた。

前もって手配しておいた変装用の服を広げて見せると、エリファスは自分から袖に腕を通し、髪を帽子で隠して、すっかりオリエンス人のようになった外見を鏡に映して面白《おもしろ》がっていた。

出かける準備に時間をかけている間に、今日訪れる予定地にはエリファス護衛を命じられた他の近衛隊士たちを先行させ、不審人物や危険物がないことを確認してもらう。

街へ出るには馬車を使った。オルゴン動力《エネルギー》で動く王族専用の自走車も使うことはできたが、それではかえって目立つのでやめる。

ヴァレンテ本国からの輸入に頼るオルゴン動力は高価で貴重なため、オリエンスで自走車を持っているのは王族と高位貴族、あとは極一部の富裕な商人くらいだ。自走車自体はオリエンスの技術でも充分生産できるが、それを動かすオルゴン動力と機関部はヴァレンテの独占機密のため、自国ではいっさい入手できない。

オルゴン動力は自走車だけでなく、飛空船や快速艇にも利用されている。最も必要とされているのは軍用だ。オルゴン動力はオリエンスだけでなく、他のどの国でも喉《のど》から手が出るほど欲しがっているが、ヴァレンテはそれを充分わかっているから高値で輸出し、莫大《ばくだい》な資産を築いているという。

オルゴン動力と天文学的な財力。このふたつを巧みに利用して、ヴァレンテはクリストゥス教の布教を押し進め、今ではカナン大陸の住民はすべてクリストゥス教信徒だとも言われている。

「ヴァレンテでは馬車よりも自走車の方が多いというのは本当ですか？」

「ああ…うん。そうだな。みんな使ってる。オレは好きじゃないけど」

のどかに揺れる馬車の中で、エリファスは窓枠にひじをかけ、頰杖《ほおづえ》をついて外を眺めながら興味なさそうにつぶやいた。

さすが大物、言うことがちがう。などとのんきな感想を抱いたが口には出さない。代わりに訊ねる。

「古い神殿跡や古蹟《こせき》を探し訪ねるのは、悪魔祓《エクソシズム》いに関係が？」

「あるに決まってる」

「内親王殿下に憑依したという悪魔は、まだ消えていないんですよね」

「儀式がうまくいっても消えるわけじゃない。――本来の姿と居場所を取りもどすだけだ」

「？」

　エリファスは視線をもどし、クライスが腰を下ろしている向かい側の座椅子に行儀悪く足を乗せた。

「おまえたちや教会が悪魔と呼んでいる存在は今、彼女の奥深い場所に逃げ込んで身をひそめてる。深すぎてさすがのオレも手が届かない。下手に降りてくと捕まっちまう恐れがあるからな。だからこっちの手がとどく場所まで誘い出さなきゃいけないんだ。そのためのきっかけが必要なんだよ。この国のことは書物で調べてきたけど、やっぱ実際歩いてみないとわからないからな」

「なるほど」と答えたものの頭の中は疑問だらけだ。

　さらに質問を重ねる代わりに、懐から印がついた地図を取り出して確認してみた。印のほとんどが、今は新しい教会が建っている場所についている。他は、川や干潟を埋め立てた場所や池など。

　エリファスに訊ねてみると、昔から聖域とされている場所や神殿跡などは、そこにそのまま新しい宗教施設が建てられることが多いという。信じる神の名は変わっても、場所に宿る力というものは変わらないものだから。

とりあえず近場からということで、最初は馬車で二十分ほどのディオネ大聖堂へ向かった。ディオネ大聖堂は十三年前に王太子妃の出資により建てられた、まだ新しい聖堂だ。

馬車を降りると、先触れを受けていた司教司祭神父たちが総出で迎えに現れ、エリファスの靴に唇《くち》接《づ》けせんばかりの勢いで最敬礼を受けた。エリファスは慣れた態度で歓待をあしらい、司教以外の人払いを命じると、なぜかクライスを睨みつけた。

——なんでこんなに賑々《にぎにぎ》しく出迎えられんだよ！

声に出して言われたわけではないのに、なぜかそう責められてるのが分かる。エリファスに倣って、クライスも目力で言い訳を伝えてみた。

——警護計画上、仕方ないんです。

安全確認のために先行してもらった近衛隊士たちには『お忍びで』と伝えておいたのだが、司教に知らせないまま任務遂行はできなかったらしい。

目と目の会話が通じたのかどうか、エリファスは「ふん」と溜息をひとつ吐いて司教に向き直った。司教は探るような視線をちらりとクライスに向けたが、エリファスが「彼はいいんだ」と手を振ると、内心はどう思っているにしろ、納得した様子で話しはじめた。

エリファスが一訊ねると司教が十答えるといった調子で愛想よく質問に答えてゆく。説教で鍛えられた声がよく響くので、エリファスから二歩ほど離れた場所で待機しているクライスにも、内容がしっかり聞こえた。

それによると、この聖堂が建っているのは細い川と小さな池があった場所で、昔から水にまつわる伝承がいくつも語り継がれてきたという。溺《おぼ》れた男を助けて妻になった魚の精。父が犯した罪を背負って池に身を投げた娘と、その娘を哀れんで水底の王国に迎え入れた水の女王。池の魚を一尾釣り上げて食べるたび、天のお告げを聞いた呪術師など。ほとんどは単純なお伽話《とぎばなし》だ。

エリファスはそうした伝承を聞きながら、夢見るように半分まぶたを閉じた。

午後の光が高窓から射し込んで、ヤコブの階段のように身廊を照らす。光がまばゆく影は濃くなる。降りそそいだ光はエリファスから離れがたい様子で周囲を旋回し、きらめきを放ちながら淡く広がってゆく。影の中に沈んだ司教の姿はかすんでよく見えない。

背中に流れ落ちるくすんだ金色の髪が畳んだ天使の翼に見えて、クライスは思わず手を伸ばしかけ、次の瞬間ハッと我に返った。

「クライス、行くぞ」

「…はい」

司教が申し出た聖堂内の案内を断ったエリファスは、彼の最敬礼を背中に受けながら歩き出した。クライスもそれに遅れないよう続く。エリファスがわざわざ声をかけてくれたのは、自分がぼんやりしていたことに気づいたからだろうか。

聖堂を出ると思ったより時間が経っていたらしく、太陽は西に傾きつつあった。

「次は青鷺《あおさぎ》通りのテティス聖堂ですね」

馬車に乗り込む前に念のため確認すると、オリエンス語で書かれた地図を広げて指差しながら、予定外の行き先を告げられた。

「いや、先にこっちの——なんて読むんだ？　ここに行く」

一瞬のうちに頭の中で、予定変更に必要な手順が駆けめぐる。こちらからは見えないよう身を隠して包囲警護してくれている隊士たちに知らせ、さらに先行隊を急遽《きゅうきょ》派遣してもらわなければならない。目的地の安全が確認できなければエリファスに待機してもらう必要もある。

クライスの表情がよほど困惑しているように見えたのか、エリファスが小首を傾げた。

「駄目なのか？」

クライスがふだん護衛している王室の人々は、外出時に予定を変えることは滅多にない。護衛や侍従、侍女、訪問先の人々の予定が、あらかじめすべて組まれていることを幼い頃から教えられて育つからだ。

エリファスもヴァレンテの重要人物なら、そのあたりのことは分かっていると思っていたが…。

——いや、そこを理解していたら、突然俺の官舎部屋に転がり込んだりしないよな。

改めてエリファスがヴァレンテでどう暮らしているのか、どんな育ち方をしたのか興味が湧く。が、今はとにかく予定変更は難しいと納得してもらわなければ。

「――正直、予定通りの訪問地にしてもらえると、とても助かります」

多くの隊士仲間が駆けまわる様を思い浮かべながら、正直にそうお願いすると、エリファスは今度もあっさりと了承してくれた。

「そうか。わかった」

そう言って馬車に乗り込むと、再び地図を開いて見入りはじめる。

「ありがとうございます」

「明日は行きたい場所に行かせてもらえるか？」

「午前中の予定は今夜のうちに、午後の予定は遅くとも明日の朝までに決めていただければ」

エリファスは「ふぅん」と気の無さそうな返事をして、独り言のようにつぶやいた。

「〝聖なる盾〟の目が届かなくなって、念願の自由を手に入れたと思ったのに」

うまくいかないなとか、オレは一生監視されて生きる運命なのかと、もそもそ口の中で愚痴られて、可哀想《かわいそう》になった。なにやら自分がずいぶんひどい人間に思えてくる。

「ヴァレンテでも〝聖なる盾〟が常時護衛を？」

「ああ。どこへ行くにもついてくるし、眠るときも窓の代わりに監視穴のある寝室で見張られてる」

口調と言葉の選び方から、まるで犯罪者に対するあつかいかと勘違いしそうだ。

「別に逃げたりなんかしねぇのにな……——したくてもできねぇし」

最後にぼそりとつぶやかれた言葉には、長年逃走をためし続けた挙げ句に悟った、あきらめの響きがあった。クライスの中にある良心、上官に云《い》わせれば「甘い」部分が頭をもたげて胸底を突《つつ》く。

「——もっと念入りに変装をしていただけるなら、もう少し自由に歩きまわれるよう努力します」

エリファスが驚いたように顔を上げた。その瞳が期待で輝いている。

「本当か⁉」

「私の指示に従っていただくのが前提です。危険があると私が判断した場所や人には近づかない、正体を知られるような行動はとらない、と約束してくれるなら」

「わかった。約束する」

即答の速さから、彼がどれだけ自由を求めていたか伝わってきて不憫《ふびん》に思う。

世界の富の半分を独占しているとも言われるヴァレンテ聖教会の重要人物で、発言力もあるらしいのに、ひとりで気ままに散歩もままならないとは。……いや、そうやって権力の中枢にいるからこその不自由か。オリエンス王室の方々も、望むと望まざるとにかかわらず、その身分に生まれた者の義務として受け入れているのだし。

それでも、緑にも青にも見える瞳を輝かせて嬉しそうに微笑まれると、なんでも望みを叶えてやりたくなる。それで本人を危険にさらすのは言語道断だが。

「クライスは言葉が通じるから好きだ」

「大陸公用語は近衛隊入隊試験の必須科目ですから」

「そういう意味じゃなくてさ。気持ちを分かってくれるってことだよ。レギウスなんて、十二年も顔つきあわせてるのに未だに話通じねぇなってことが多いし」

「レギウスという方とは、どういった関係なんですか？」

他の〝聖なる盾〟はともかく、あの男は妙に気になる。エリファスも彼に関しては何か特別な感情を抱いているように見えるし。私事には深くかかわらないという掟を曲げてつい質問してしまったのは、「好き」とか「気持ちを分かってくれる」と言われて少し舞い上がっていたせいかもしれない。

訊ねたとたん、エリファスは眉間《みけん》に盛大な皺《しわ》を寄せて下を向き、再び地図に見入ってしまった。

「申し訳ありません、よけいなことを申しました。忘れてください」

相手に寄り添わせていた気持ちを、すっと仕事に適した距離にもどして謝罪すると、なぜかエリファスの眉間の皺がますます深くなる。唇をへの字に曲げ、忌々しそうに舌打ちまでされて、己のうかつさに臍《ほぞ》を噛みたくなった。もう一度謝ろうとすると、その前にエリファスが口を開いた。

「別に、謝る必要はない」

「…はい」

それきり会話は途絶えて、馬車の中には気まずい空気だけが残る。その日の午後は予定通り、残りふたつの聖堂を訪ねて帰路についた。クライスはその間ずっと、護衛として適切な態度と距離を保つことに専心した。

官舎にもどったのは初夏の遅い黄昏刻《たそがれどき》で、食事は運んでもらって部屋で摂った。

食事を終えるとエリファスが着替えもせずそのまま寝室へ行き、寝台にもぐり込もうとしたので、クライスは寝台脇に立って声をかけた。

「風呂に行きましょう」

「朝入っただろ。なんで二回も入んだよ」

「歩きまわって、汗をかいたからです」

「めんどくせぇ…」

眉根をしかめ、今にも上掛けを頭まで被《かぶ》ってしまいそうなエリファスに、クライスは子どもを甘やかすような笑みを向けた。昼間、馬車の中で作ってしまった微妙な空気と距離を、この部屋の中では消したかった気持ちもある。だからことさらやさしい声を出した。

「私が洗ってさしあげますから。エリファスはただ、湯船に浸かっていればいいですよ」

エリファスは喉の奥で「うぅ」とか「むぅ」とうなりつつも起き上がり、部屋を出て浴場に向かって歩きはじめた。

朝と同様、万全の準備が調った上官用の浴場に入り、朝と同じように服を脱がせ、身体と髪を洗ってやり、湯船に浸かってもらっている間に自分も手早く汗を流した。エリファスは歩きまわって疲れたのか、うとうとと船を漕ぎはじめている。

「エリファス」

「んー」

「そんなとこで寝たら溺れますよ」

「——…溺れる前に、おまえが…助けてくれんだろ？」

半分眠りかけた状態ながら、無条件の信頼を向けられた気がして嬉しくなる。

「はい。抱き上げますから、首に手をまわしてつかまってください」

「ん…」

何やら少し甘えた口調に聞こえて、胸の奥にこそばゆさに似た温かさが広がった。

互いに一糸まとわぬ姿で肌を触れ合わせている状況について、よからぬ何かが生まれかけたが、任務中だと言い聞かせて即座に意識を逸らす。下半身に集まりかけた熱を散らすためには、故郷の家を出たときのやるせない気持ちを思い出すのが一番だ。

雄の本能が降伏したところで、脱衣所にエリファスを立たせて手早く水気を拭《ふ》き取り服を着せ、自分も服を着ると部屋にもどった。エリファスはすぐに寝室へ行き、巣に入る胴長鼠《どうながねずみ》のように寝台にもぐり込んでしまった。

「髪が湿ったまま眠ったら明日の朝、鳥の巣みたいになってしまいますよ」

「いい。どうせ……」

むにゃむにゃと消えかけた言葉は、どうやら「どうせクライスが梳かすんだから」という意味だったようだ。思わず笑って肩をすくめるしかない。

――やれやれ。そして今夜も、俺は床で寝るのか。

昨日のうちに野営用の厚敷物《マットレス》は用意してあるが、エリファスが帰国までこの部屋に滞在するつもりなら、寝台をもうひとつ運び入れるべきか。さほど広くない寝室に寝台がふたつ。足の踏み場がなくなることは確実だ。

想像して小さく笑いながら、居間にある書き机の引き出しを開けて記録紙を取り出し、今日の分の報告書を書いていると、寝室から自分を呼ぶ声が聞こえた。何かあったのだろうか。

「クライス」

「どうしました？」

急いで立ち上がって開け放しの扉から寝室をのぞくと、エリファスは眠そうに目をこすりながら、

「ここに来い」

手招きして、自分のとなりを指し示した。

「——…添い寝ですか？」

無様に高鳴りかけた心臓を誤魔化すために茶化《ちゃか》してみる。当然否定するだろうと思ったのに、エリファスは「そうだ」と尊大にうなずいた。

「ふたりで眠るには、狭いですよ」

「いいから、早く。オレは眠いんだ」

犬でも呼ぶように「ここだ」とポンポン布団を叩かれて、苦笑しながら近づいてエリファスのとなりに身を滑りこませる。寝台はひとり用なので、ぴたりと身を寄せ合わないと落ちてしまう。上掛けを引き上げるため腕を上げた脇の下に抱きつかれ、胸に顔を埋《うず》められて心臓が止まるかと思った。

「エリ…」

誘っているのか、抱いて欲しいのか。——まさか、そんなはずはない。

とっさにそっち方面に考えが飛んだのは、自分がそれを望んでいるからか。今朝、起き抜けに胸を見たときから、ずっと考えることをあとまわしにしてきた感情の正体に、ようやく思い至る。

——俺はいつから同性も守備範囲になったんだ…。

一昨日《おととい》まで恋愛や結婚や情交は女性とするものだと、疑うことなく生きてきた。当たり前のことすぎて意識することもなく。それが昨日エリファスを見た瞬間から崩れ去り、知らないうちに新しい世界に足を踏み入れていたらしい。

エリファスの側にいるともっと触れたいと思うし、彼の関心を惹きたいと思う。笑顔を向けられるとそれだけで心が浮き立つのに、向こうから抱きつかれて気持ちがさらに舞い上がる。

ヴァレンテの秘宝、凄腕《すごうで》の悪魔祓い師《エクソシスト》、クリストゥス教の大司教。性的な事柄から最もかけはなれた存在のはずなのに、なんて積極的なんだ。誘われたからといって手を出したりしたら国際問題にならないか？　いやそれよりも就寝時間も任務中に変わりはない。仕事中、しかも警護対象に手を出すのはまずい。だめだ。

一瞬の間にそれだけの考えが駆けめぐる。そして次の瞬間には、自分に抱きついたエリファスが、深く安らかな寝息を立てはじめたことに気づいて、思いっきり脱力した。

すぅ…すぅ…と、これまで聞いたどの寝息より深く安定している。脇の下から背中にまわされた両手は、ぬいぐるみを抱きしめる子どものように、クライスにしがみついて離れない。

「エリファス、眠ったんですか？」

答えは、より深く満足そうな寝息。

クライスはしばらくそれに耳を傾けていたが、エリファスの手が離れそうもないことに気づいて、自分も布団に身を横たえた。僥倖《ぎょうこう》と身勝手な落胆が手をたずさえて頭の中を駆けめぐる。眠気はまだ訪れない。しがみつく手を引き剝《は》がす気には当然なれない。

こんなことなら櫛と浴布《タオル》と紙を持ってくればよかった。——まあ報告書は、早めに起きて書けばい

い。髪は手櫛で梳かしておこう。

昨夜も一昨日もそうしたように眠るエリファスの頭をやさしく撫で、頬にかかった髪を指の背でそっと払ってやる。そして手櫛で何度も髪を梳いてやりながら、飽きもせず寝顔をながめて過ごした。


翌日は王宮が建つ高台の麓《ふもと》に広がる城下街を、さらに次の日は中心部から遠ざかって下街を探索して歩いた。エリファスは約束通り、祭服ではなくオリエンスの下級貴族が普段着にしている夏用の上衣と脚衣を身にまとい、髪は三つ編みにして帽子の中にまとめてかくしてある。

上衣と脚衣の色は地味で目立たない焦茶色、半袖の中着は生成り色だ。革靴は黒で、適度に履き古したものをわざと履いてもらった。きれいに洗ってあっても嫌がるかと心配したが、まるで気にならない様子で足を入れ歩き出したので、少し驚いた。

都の辺縁に広がる下街に入ると、壮麗な聖堂は姿を消して昔ながらの神殿や祠、古い塚や道祖神が多くなる。立派な建物が建ちならぶ山の手地区でも、エリファスはときどき物珍しそうに足を止めていたが、下街ではさらにその頻度が上がった。

気づいたクライスはそのつど横にならんで説明してやった。

「それは道祖神といって、道と道行く人々を守ってくれる神様です」

「その祠は吉祥天女《きっしょうてんにょ》を祀《まつ》ってます。吉祥天女は音楽と知恵と財福を授けてくれる神として、オリエンスでは一番人気があります。だから祠もすごく多い」

「あそこの小さな神殿はダモナ神を奉じています。ダモナは牛頭の女神で、豊穣《ほうじょう》と母乳を約束してくれると言われています。だからほら、参拝者は妊婦や夫婦が多い」

異教異神をいっさい受け入れない唯一神ヤーウィとその息子だけを信仰しているクリストゥス教の聖職者相手に、万神の神々を解説するのは少し勇気がいったが、エリファスは嫌悪も忌避もすることなく、むしろ興味深い顔つきでクライスの言葉に耳を傾けてくれている。

最初に訪れたディオネ大聖堂で司教の説明を聞きながらしてみせたように、エリファスは時々まぶたを半分閉じて、夢見るような雰囲気を漂わせることがあった。聖堂の裏手や神殿跡地の他人目につかない場所で、小石や小さな土器の欠片《かけら》らしきものを拾うと、手の中にゆるくにぎりしめて胸元や腹の前で円を描《えが》くように何度も揺することもあった。

そんなとき彼のまわりは霧がかかったようにかすんだり、やわらかな光に包まれたり、蛍《ほたる》のように小さな光の粒が飛び交うのが見えたりした。周囲の街の景色に、どこか別の国の風景らしきものが重なって見えたりもする。

その状態になったときは時間の感覚も正常でなくなることが多く、体感では五分くらいだったのに、実際は一時間も過ぎていたということもあった。

馬車で移動しつつ一日歩きまわって夕刻近くになると、下街でも比較的広い路地の左右には挽《ひ》き車式の屋台が建ち並び、夕餉《ゆうげ》に合わせた煮炊きのいい匂《にお》いが漂いはじめた。

ちょうど、今日最後の目的地である古い塚を見終わり、あとは帰路につくだけという状態だったので、クライスは少し考えてからエリファスを小間物屋と屋台が並ぶ通りに案内した。もちろん包囲警護の隊士たちに合図を送って、安全を確認してもらうことは忘れない。

通りの両脇には大人が両手を広げた幅しかない小さな店がぎっしりと軒を連ね、活気に満ちている。灯《とも》りはじめた明かりの下で、職人技の寄せ木細工や硝子細工を置いた小間物屋、端切れを縫い合わせて美しい模様を描き出した布屋、彫金師の技がきらめく細工物屋、飴細工、鍋《なべ》や薬缶がひしめく金物屋、陶磁器屋などがずらりと並んでいる。

どの店主も商品が一番魅力的に見えるよう工夫を凝らして店先にならべてあるので、見て歩くだけでも楽しいはず。そう思ってエリファスを連れてきたのだが。

――よかった、興味深そうに色々ながめてる。

「あれは、なんだ？」

左右の店を均等に見ていた視線が、ある店の前で止まり、同時に足も止まる。

「ああ、あれは蜜芋《みついも》です」

「芋？　なんか金色に光ってるぞ」

「甘さのある黄芋を油で揚げて、さらに蜜を絡めるんです。美味しいですよ、食べてみますか？」

「…ああ」

エリファスの背中を守る形で店先に立ち、店主にひと皿注文すると、手のひら一枚分ほどある木の葉を窄《すぼ》めて皿代わりにしたものに、甘い香りと金色の光を放つ蜜芋が盛られて手渡された。楊柳《やなぎ》を削った楊枝《ようじ》も二本ついている。

毒味の意味も込めて、先にクライスが一個食べてみせると、エリファスも続いてひとつ口に含んだ。

「…！」

そのまま二、三度咀嚼したとたん瞳を輝かせ、飲み込む前に二個目に楊枝を突き刺す。

どうやら気に入ってくれたようだ。

「美味しいですか」

「うん」

うなずきながらパクパクパクと、ふだんの小食ぶりからは予想もつかない健啖《けんたん》ぶりで葉皿に盛られた半分を食べたところで、ふっ…と手を止める。

「全部食べていいですよ」

クライスの分を残すために楊枝を置こうとしたので先まわりして勧めると、エリファスはどうして分かったと言いたげに上目使いで見上げてきた。それに微笑みかけると、バツが悪そうに少しだけ唇を尖らせてから「じゃあ遠慮なく」と言って、残りを平らげた。

「蜜芋を食べるとお茶が飲みたくなりますよね」

クライスは蜜芋屋のとなりにある香草茶屋にエリファスを移動させて、好きな茶葉を選ばせた。

エリファスは林檎の花と檸檬《レモン》草を選んだ。クライスは麦茶を頼む。代金を受けとった店主は慣れた手つきできれいな色の茶を淹《い》れ、把手のある透明な硝子茶碗《ぢゃわん》に注いでくれた。熱すぎず、ちょうどいい飲み頃の温度だ。

「ここの茶は渋みがほとんどないから、水出しでも美味いんです」

言いながら、今度も先に自分が呑《の》んでみせる。エリファスも続いて茶碗を傾けた。

「素朴でいい味がする。もう一杯くれ」

飲み干した茶碗を無造作に差し出すと、待ちかまえていたように店主が二杯目を注いでくれる。

エリファスはそれもゴクゴクと飲み干して、満足そうに吐息をついた。

「クライスおまえ、昨日歩いた高級店街にくらべて、このあたりのことはずいぶん詳しいんだな」

「そうですか？」

山の手の邸宅地帯や高級店街については、王族の護衛中に訪れたり、有名店の支配人たちが商品を携えて城に来るので、名前や商品知識は身についている。とはいえ、自分が利用することはまずないので、説明に実感がこもっていなかったのを感じ取られたらしい。

「故郷の家を出て王都に初めて来たとき、最初はこの近くの安い下宿に住んでいたからです」

「なるほど」

クライスの手に茶器をもどして店先を離れると、次にエリファスが興味を惹かれたのは邦菓子屋《ほうがし》だ。

――もしかして甘いもの好きだったのか？　そういえば食事についてる小さな甘味は、毎回残さずに食べていたな。

邦菓子はクリストゥス教の布教とともに広まった大陸菓子より、ずっと昔から作られてきた伝統菓子だ。乳酪《バター》や乳脂《クリーム》をたっぷり使う大陸菓子に比べて、原料が砂糖や蜜、オリエンス人が主食にしているライの実粉や麦粉、豆、澱粉《でんぷん》などといった植物性のものばかりなので、エリファスも安心して食べられるだろう。

原料の種類こそ少ないが、配合を変えたり色粉――もちろん植物から採取したもの――を使うことで、千を越す種類を作り出せるらしい。季節や祭事、用途に合わせて、目と舌を楽しませる繊細な職人技は、大陸人には真似《まね》できない。

「美しいな…」

エリファスは花や果物、木の葉、山や海、月明かりに照らされた野原など、自然の風景すら表現してしまう菓子作りの繊細さに感銘を受けたらしい。腰を屈《かが》めてしみじみ魅入る姿は、子どもが初めて見る植物や昆虫に夢中になる様と似ていた。

三十種類ほど並んだ見本を見ながら、どれを選ぶか迷って決められないでいる姿を、思わず微笑んで見守っていたクライスは、エリファスの後ろから店主に声をかけ、全種類ひとつずつ箱詰めしてくれるよう頼んだ。官舎部屋にもどってからゆっくり食べればいい。

振り向いたエリファスは、少し驚いたように目を丸くしている。それからふわりと、花がほころぶような笑みを浮かべた。

初めて見る笑顔だ。目にしたとたん胸の中で鳳仙花《ほうせんか》の種が弾けるようにときめいた。なんだろう、この感覚は。嬉しくて思わず飛び上がるか駆け出したくなる。エリファスのことを子どものようだと思うことがよくあるが、自分も負けず劣らず子どもみたいに浮き足立っている。

月俸の三十分の一が飛んでいったが、あとで経費として申請すれば払いもどしされるだろう。認められなくても、こんなに嬉しそうなエリファスを見られたなら、それで満足だ。

邦菓子三十個入りの箱を受けとり、そろそろ馬車にもどりましょうと勧めると、エリファスは名残惜しそうにまだ足を踏み入れていない通りの奥をちらりと眺めてから、素直にうなずいた。

「ヴァレンテにはああいう下街はないんですか？」

馬車に乗ってひと息ついてから訊ねてみると、またしてもエリファスの眉根がぐぐっと寄っていく。

――俺の馬鹿《ばか》。ヴァレンテ関係の話題は嫌いらしいって、三日前に思い知ったばかりだろう。

「申し訳…」

「いいよ。クライスに悪気はないってわかってるから」

謝罪をさえぎって、エリファスは小さく溜息を吐いた。それから窓枠にひじを置いて頬杖をつき、暗くなった外に目を向けて口を開く。

「ヴァレンテにも下街はある。あそことは比べものにならないほど、ひどい場所だ」

「それは…意外ですね」

ヴァレンテの首都と聞くと、なんとなく壮麗な屋敷や聖堂が整然と建ち並んだ、巨大な都という印象しかなかった。

王都《オリエンス》で下街と言えば、だいたいさっき見たような感じだ。多くの人は、貧しいながらも身を寄せ合い、助け合って生きている。身寄りがなくても金がなくても、死に際には長屋仲間が世話をして看取《みと》ってくれる。地方の都市もだいたい同じ。田舎になると助け合いはもう少し濃厚になる。

「ヴァレンテに住んでる全部の人間を一〇〇としたら、一に当たる教皇と枢機卿、大司教たちが国王なみの大富豪、九に当たる司教たちが豊かな高位貴族と商人階級、二十にあたる司祭と一部の神父たちが貴族、三十が神父で平民にあたる。同じく三十がその日暮らしの貧者。残りの十は最貧民だ」

「――…」

世界の富の半分が集まるというヴァレンテで、貧者がそんなにも高い割合でいることに驚く。

「びっくりだろ。でも本当だ。教会の連中にとってヴァレンテの貧民は人間じゃない。薪や石炭みたいな燃料あつかいだ」

「それは…」

どういう意味かと二の句が継げずにいると、エリファスが視線をもどして皮肉気に唇を歪《ゆが》めた。

「おまえは口が固いから言うけど、オレは正直教会が嫌いだ」

なにやらすごい爆弾発言をされた気がするが、そんなことを教えてくれるほど信用してもらえたと思うと、嬉しさが先に立つ。とはいえ、浮かれていい状況でもない。

クライスは言葉を選んで訊ね返した。

「悪魔祓《エクソシズム》いも？」

エリファスの瞳が不思議に揺らめいた。木漏れ日が届いた深い井戸底の水面のように。

「それは別。悪魔祓《エクソシズム》いはオレの目的のためだから」

「？」

他のことなら表情や雰囲気からなんとか意味を汲《く》み取れるが、クリストゥス教関係になると歯が立たない。もっとしっかり勉強しなければ…と決意したクライスの内心を見透かしたように、エリファスが表情をやわらげて靴を脱いだ。そして無造作に足を伸ばして、クライスの膝と腿《もも》の上に置く。

「エリファス…、行儀が悪いですよ」

「そうか？　おまえがオレの足を揉《も》みたいんじゃないかと思ってさ」

「……ぐっ」

思わず変な声が洩れそうになった。

確かに今日は歩き疲れただろうから、風呂のあとで足を揉んでやろうと思っていたけれど。

「では遠慮なく。途中でくすぐったいとか痛いとか言っても止めませんから、覚悟してください」

もちろん口だけの脅しだが、少し強めにつかんで足裏に親指を押し込んだとたん、エリファスが明るい笑い声を上げたので、クライスも笑いながら足揉みを続けた。

王宮の正門をくぐるまで、ふたりの笑い声が途切れることはなかった。


その夜、部屋にもどると故郷の家から手紙が届いていた。
一、二カ月に一度、母が届けてくれる近況報告だ。
食事と風呂と着替えをすませ、先に寝転んで待ちかまえているエリファスのとなりに身を横たえる。

寝台脇の小卓に報告書用の紙と浴布と櫛を置いて、母の手紙は握ったまま、しがみつかれても手を動かしやすい体勢になると、さっそくエリファスが抱きついてきた。

毎晩、大きな枕に徹して無心の境地に到達すべく努力はしているが、ひと晩ともに過ごすごとに、言葉使いが乱暴でときどき横柄なのに、たまらなく魅力的なこの悪魔祓い師《エクソシスト》に惹かれてゆくのを止められない。

「まるで安眠枕ですね」

「…そのとおり」

「もしかして、最初からこれが目的でこの部屋に来たとか？」

「……察しがいいな」

「どうして私が抱き枕になると、安眠できるんです？」

「………そんなの、オレの方が聞きたい…」

「私に会う前はどうしていたんです」

「しょっちゅう寝不足。なんだよ、オレに寝てほしくないのか！」

何度も話しかけたせいで眠気が散ってしまったのか、エリファスは上体を起こしてクライスを睨みつけた。

「すみません。もう邪魔しませんから、どうぞ眠って」

「それ、なんだ？」

エリファスの目がクライスの手にある手紙に気づいて引き寄せられる。

「母からの手紙です」

エリファスの眉根がきゅっと寄って、例の表情になる。今度はいったい何が気に障ったんだろう。

「――母親か。借金の無心でもしてきたのか？」

「まさか、ちがいます。定期的に近況報告を送ってくれるんです。家族のこと、農園のこと、作物の出来、父の腰の具合とか、兄と兄嫁の喧嘩のこととか」

苦笑しながらかいつまんで説明すると、エリファスは蜜柑《みかん》だと思って檸檬を頬張ってしまったような、奇妙に情けない表情を浮かべた。

「家族…、仲がいいのか？」

「いいえ、はい」

「どっちだよ」

「昔は仲がよかったんです。でも今は少しバラバラ、かな」

「どういう意味だ」

エリファスに興味を持ってもらえたことが単純に嬉しい。それもあって、クライスは他人にしゃべったことのない身の上話をすることにした。

「私が生まれたのは王都から馬で十日程度の距離にある、田舎の林檎農園です。祖父が興《おこ》して、父が受け継いだ、規模も果実の出来もかなり立派な」

祖父は〝樹の声を聞く〟と呼ばれた林檎作りの名人で、献上品の味に満足した先代の国王陛下から、お褒めの言葉と報奨金を下賜されたほどだった。祖父の仕事を見て育った息子のひとり――クライスの父も、祖父の能力を引き継いだらしく、やはり樹の声を聞き、大地の声を聞き分ける人だった。

父は働き者で気立ての良い母と結婚して、二男一女をもうけた。

クライスは二男だ。そしてどうやら祖父と父が持つ能力と同じものを受け継いだらしい。子どもの頃から樹の発する気配を聞き分けることができた。弱った樹はすぐに見抜いたし、土の変化にも気づくことができた。ただ、幼い頃はそうしたことは誰でも分かることだと思っていたから、樹の声を聞く力を授からなかった兄に対して、結果的に気遣いの足りないことを言っていたことは確かだ。

『なんで兄ちゃんには聞こえないの？』

『ちゃんと聞けばわかるはずだよ』

『祖父《じい》ちゃんも父《とう》さんも聞こえるんだもん。兄ちゃんだけ聞こえないはずない』

悪意はないとはいえ、兄を傷つけるには充分だったろう。

兄が弟《クライス》につけられた傷は胸の奥深くに沈殿して、冷たく揺るぎない決意を育てた。

それに気づいたのはクライスが十五歳になり、小学の師範に勧められた大学進学はせず、家の農園を手伝いたいと宣言したときだ。

クライスは祖父のことが大好きだった。父のことも仕事の師として尊敬していた。祖父と父が築き上げた農園と、そこに実る林檎を心から愛していた。自分も大きくなったら絶対に林檎農園を手伝うと、心に決めて成長したのに。

『おまえの手はいらん』

農園を継ぐ権利を持つ長兄のひとことで、クライスは林檎農園にかかわることを禁じられた。

『せっかく小学の師範に進学を勧められたんだ。大学へ行って都で立身出世でもすればいい』

兄はクライスより十歳上で、当時二十五歳。このときすでに、腰を痛めた父に代わって農園の実権を掌握しつつあった。クライスに樹の声を聞く能力があることを知っている祖父と父は、兄の宣言に異を唱え、特に祖父はなんとかクライスに農園の一部を割譲しようとしたが、法的にも慣習的にも長兄の方針を覆すことはできなかった。

妹も心情的にはクライスの味方だったが、末っ子で十三歳の少女に発言力などあるわけもなく。

母は腹を痛めた自分の子どものことなので、どちらかの肩を持つということはなかった。ただクライスが家を出て王都へ上る日に、『これもきっと何か意味のあることよ。自棄《やけ》にならず努力して夢を叶えなさい。お日様はきっと見ていてくれるから。身体に気をつけて、手紙を書くわ』そう言って抱きしめてくれた。

家を出て五年目。クライスが二十歳のときに祖父が亡くなり、一度だけ家にもどった。兄の農園経営は順調らしく、家は改築され、新しい納屋と雇い人も増えていた。ただ『味は落ちた』と、葬儀に出席した親戚《しんせき》や農園仲間、古い馴染みの仲買人などが、兄には決して聞こえないよう声をひそめてささやいていたのが印象に残った。

それが八年前。以来、家には一度も帰ってない。そして母からの手紙は途切れず届いている。クライスの夢は金を貯《た》め、自分の農園を持つことだ。そのために大学教授の勧めに従って近衛隊士を目指した。他の職より俸給がよかったという理由も大きい。無駄遣いせず貯金していけば、四十あたりでまとまった額になる。それを元手に、地味のよい土地を選んで林檎農園を作る。祖父と父から教わった味を、この手で作り出すために。

「ふうん…」

クライスのとなりで横向きに身体を伸ばし、ひじをついた右手で頭を支えたエリファスが、よく分からないといった表情を浮かべる。その声と反応、そして瞳の揺らめき具合から、家族との縁が薄い印象を受けた。

あなたの家族は、と訊ね返したい気持ちは大いに湧き上がったが、また眉間に皺を寄せられて『その話題は嫌いだ』という無言の抗議を放射されると悲しいので、ぐっと呑み込む。代わりに釦がふたつ外れたエリファスの首元から、こぼれ落ちて揺れていたペンダントをそっと指さしてみる。

エリファスの視線がつられて下を向き、クライスの意図を察したようにペンダントをにぎりしめ、拳《こぶし》を開いたときにはペンダントの蓋も開いていた。

自分から見せてくれたということは、この話題は触れても大丈夫ということだ。

「これがどうした?」

「この前も思ったんですけど、その写真の子、可愛いですよね」

顔かたちに似たところはないのに雰囲気がエリファスによく似た十四、五歳の少年は、相変わらず拗《す》ねたような目つきで世界を睨みつけている。

一度保護されて愛されることを教えられた野良犬が、もう一度棄《す》てられて人を信じられなくなり、それでも心の奥では温《ぬく》もりを求めている。そんな印象が思い浮かぶ。

こういう子どもは嫌いじゃない。お世辞ではなく本当に可愛いと思う。叶うなら抱きしめて、もう大丈夫だと慰めてやりたい。めいっぱい愛情を注いで可愛がってやりたくなる顔だ。

そんなことを考えていたせいか、自然に笑みを浮かべていたらしい。心底不可解だと言いたげに眉間を寄せたエリファスに、呆れと疑問を満々と湛《たた》えた瞳で見つめられた。

「……可愛い？　こいつのどこが？　目つき悪いし、顔だって醜い」

そう言いながらも、手は大切そうにペンダントをにぎったままだ。

「そんなことないですよ。拗ねて、寂しそうなところがすごく可愛い。こう、ぎゅっと抱きしめて、頭をぐりぐり撫でまわしてやりたくなります」

言いながら写真をのぞきこんでさらに笑みを深めると、エリファスが唇を何度か開けたり閉じたりしたあと、ようやく意を決したようにぼそりとつぶやいた。

「――これ、オレ」

「え？」

驚いて顔を上げると、エリファスはすっと視線を逸らした。

「全然似てないけど、昔のオレ…って言ったら信じるか？」

思わず写真とエリファスの顔を見くらべてしまった。

親しい間柄だとは思ったけれど、まさか本人とは思わなかった。顔立ちそのものがちがうのに…と首をひねりたくなったが、心のどこかではすんなり納得もしていた。それくらい、外見はちがっても受ける印象はそっくりだったからだ。

「信じます」

力強くうなずくと、エリファスは視線をもどしてクライスを見た。夜は青味の優《まさ》る瞳がきれいで、魂ごと吸い込まれそうだ。抱きしめて、わずかに上気したなめらかな頬に唇接けたい。

「今のオレでも、頭を撫でまわしたくなるか？」

どこか挑発するような響きに、一瞬、心を読まれたのかと思った。けれどエリファスの表情は咎《とが》めるものではなく、何か救いを求めているようにも見える。

「はい」

実はもうすでに、あなたが眠っているときに撫でていると言っていいものか。ためらっているうちに、エリファスは答えを聞いて気がすんだらしく、欠伸をしながらペンダントを夜着の中にしまい、

いつものようにクライスを枕代わりにして目を閉じた。そして、

「じゃあ、撫でてもいいぞ」

素っ気なくつぶやいて胸元に顔を埋めると、満足そうに息を吐いて眠ってしまった。

――では、お言葉に甘えて。

心の中でささやいて、クライスはエリファスの頭をそっと撫でた。眠りを妨げないようやさしく、愛《いと》しさを込めて。何度も。


同居五日目の夜明け前。

たぶん寝台から転げ落ちても目を覚まさないくらい、ぐっすり眠りこけているエリファスを寝室に残し、クライスはひとり起き出して庭に出た。

軽く身体をほぐしてから、庭のそこかしこで毎日逞しく芽を出し伸びてゆく雑草を手早く抜いてしまう。次は空いている長鉢に腐葉土を入れてゆく。昨日の昼にひと雨降ったので、土はいい具合に湿り気を帯びている。鉢の準備が調うと、部屋から持ってきた種入れの蓋を開けた。瓢箪《ひょうたん》をくりぬいて作った容器の中には、紙に包まれた種が何種類か入っている。昨年作った香草の種を採っておいたものだ。その中から成長の早い二種類を取り出したところで、部屋から声が飛んできた。

「何をしてるんだ」

エリファスが目を覚まして寝室を出た気配には気づいていたので、驚くことなく顔を上げて笑顔を向ける。相変わらず寝起きで髪がぼさぼさのままだが、気にする様子はない。

「種蒔《ま》きです。エリファスもやってみますか？　二十日大根《ラディッシュ》と水芹《クレソン》」

長方形の長鉢にふっくりとつめた土を示してみせると、エリファスは鳥のように小首を傾げながらも、革鞋《サンダル》を履いて庭に出た。その左手に二十日大根《ラディッシュ》の種をひとつまみにぎらせ、長鉢の前にしゃがませて見本を示す。

「こうやるんです」

ひとさし指で土にごく浅く穴を空け、そこに種をひと粒かふた粒落として土で覆う。そのくり返しだ。間隔は中指の関節程度。

「せっかくだから祝福を与えてやってください。種を蒔くときは私も必ず祈るんです。そうすると、しないときよりぜったい育ちがよくなるんです」

「…ああ、それは分かる」

エリファスは手の中の種を珍しそうにしげしげと見つめてから、目を軽く閉じて口の中で何かつぶやいた。鳥の巣みたいに絡まり合った髪に朝陽が当たってきらきら光る。それとも、これはエリファス自身から放たれる光輝だろうか。

エリファスは祈りを終えると、たどたどしい手つきで種蒔きをはじめた。二十日大根《ラディッシュ》を二十粒。それから芥子粒《けし》のように細かい水芹《クレソン》を十株分。土を上から被せて如雨露《じょうろ》で軽く水やりを終えると、名残惜しそうに立ち上がった。

「もう終わりか？」

「種蒔きは気に入りましたか」

「ああ。なんだかのんきな気持ちになる」

それならと、残りの空鉢にも土を入れ目箒《バジル》と金蓮花《ナスタチウム》と姫茴香《ディル》も蒔いてもらう。それを見守りながら、クライスは庭を仕切る生け垣沿いに育てている黄色い薔薇を一輪切り取り、ちょうど種蒔きを終えて立ちあがったエリファスの髪に挿してやった。

「……想像以上に似合いますね、花が」

飾り気がなくても充分美しい顔立ちが、花を添えたことでびっくりするほど華やいで見えた。とても二十三歳の男には見えない。花の精か天使か。可愛らしくて清楚《せいそ》で可憐で、それでいて凛《りん》として玲瓏《れいろう》。——うん。賛辞ならいくらでも出るくらい、まぶしくて愛おしい。

「それって、男相手に言う台詞《せりふ》か？」

エリファスは呆れたようにわずかに眉根を寄せた。けれど挿された薔薇を取り去ろうとはしない。

「時と場合によっては。そろそろ朝食が届く時間です、部屋にもどりましょう。髪も梳かしますね」

そのまま見つめ合っていると、庭の周囲で包囲警護してくれている同僚の目も気にせず抱きしめてしまいそうだったので、わざと話題を逸らしてエリファスの背をそっと押した。

エリファスはクライスの爛《ただ》れた内心など気づいた様子もない。

たぶん、恋や性愛とは縁遠い育ち方をしたんだろう。ヴァレンテの高位聖職者相手では、叶うあてもない恋心だ。そのほうが却《かえ》ってあきらめがついていいのかもしれない。

クライスはぼんやりとそんなことを思いながら、明るい庭から影の差す部屋に入ったエリファスの後ろ姿を、切なく見つめた。

† Ⅲ 二度目の悪魔祓い《エクソシズム》

内親王殿下に施す二度目の悪魔祓いは、混乱した侍女によって儀式が中断されたあの日から十日後の、六の月初旬に行われることになった。

ヴァレンテから同行してきた〝聖なる盾〟たちはまだ儀式に臨めるほど回復しておらず、決行に反対していると聞いたが、エリファスは無視して準備を進めている。

二日後に儀式を控えた夜。王宮内の会議室で儀式の打ち合わせを終え、エリファスとともに官舎へもどろうとしたクライスは、不穏な気配を察して警戒を強めた。背後にエリファスを庇い、周囲を一《いち》瞥《べつ》すると、廊下の角から黒衣の男が現れた。

「レギウス・キングスレー…卿」

驚くクライスを無視して、レギウスは壁に手をつき身体を支えながらエリファスに近づこうとする。

その背後から、あわてた様子の看護師が追いすがるように現れた。

「キングスレー卿、無茶です。まだおひとりで出歩くのは…」

「うるさい。黙れ」

額に脂汗をにじませ、足取りも覚束《おぼつか》ないのに、肩を支えようとした看護師を追い払う手つきと声は尊大で冷たい。エリファス以外は虫けらだと言いたげな目つきは変わっていないが、体調は悪そうだ。

改めて向かい合うと、弱っているくせに相手の重厚感と威圧感がひしひしと伝わってくる。身長は向こうのほうが五センチほど高く、わずかに目線を上げなければならないのが少し悔しい。

「オリエンス人、そこをどけ！」

互いに三歩の距離まで近づいてもエリファスを背後に庇ったまま動かないクライスに苛立ったのか、レギウスは振り払うよう手を上げて叱咤《しった》した。その動きでまたしてもよろめき、小さなうめき声を呑み込んだレギウスから視線を逸らさず、クライスは背後のエリファスに伺いを立てた。

「どうします？」

「――彼と話をつけるから、ここにいてオレを守れ」

「はい」

『守れ』と命じられることがこれほど嬉しいと感じたことはない。喜びで全身に力がみなぎってゆく。それを有効活用するべく、無駄な力を抜いてどんな展開にも対処できるよう備えた。

エリファスはゆっくりとクライスの背中から横に踏み出し、レギウスの前に姿を見せた。けれど彼のほうへ近づいてはいかない。その行動が示す意味に気づいたのか、レギウスの表情が険しく強張る。

「そんなふらふらした状態で出歩いていいのか？　看護師の言うとおり、早く療養所にもどって休んだ方がいい」

「エリファス、何を考えているんだ。〝聖なる盾〟の守りもなしに悪魔祓い《エクソシズム》を行うなど、正気とは思えん。お前の肉体は、お前ひとりのものではないのだぞ」

――『お前の肉体は、お前ひとりのものではない』って、どういう意味だ？

クライスはレギウスの言葉にひっかかりを覚えて内心で頭をひねった。彼が子どもを身籠《みご》もった女性でないことは、毎晩の入浴時に嫌というほど確認している。他に意味があるとすれば、高位の聖職者として多くの人々に必要とされているということか。

「その話題をクライスの前でしてもいいのか？」

エリファスが冷笑を含んだ声を出すと、レギウスの表情がますます険を帯びてゆく。

「――……ッ」

レギウスが口をつぐむと、エリファスは淡々と続けた。

「心配しなくても〝守護者〟役はクライスが務めてくれる」

「何を馬鹿な…、そんなオリエンス人に」

「あるんだよ、適性が。しかもあんたよりずっと高い」

その瞬間、レギウスの周囲で空気が凍りついた。表情はさほど変わらない。けれどエリファスからクライスへと移された視線は、物理的な圧力を感じるほど強く険しかった。気の弱い人間ならこの一瞥だけで腰を抜かしただろう。ただし、残念ながらクライスには効かない。

飄々《ひょうひょう》と見つめ返すクライスの態度に、レギウスは忌々しそうに舌打ちすると視線をもどした。

「たとえ適性があっても、訓練もせず儀式に臨むのは危険だ」

ふたりの会話に出てくる単語の正しい意味は分からないが、なんとなく理解はできる。おそらく護衛者としての適性、または能力のことを指しているのだろう。

「オレの身体に、万が一にも傷がついたら困るから？」

「そうだ」

どこか自嘲《じちょう》と挑発を含んだ問いにレギウスが即答すると、エリファスの顔に一瞬だけ傷ついた表情が浮かぶ。そしてそんな自分を笑うように、唇だけ笑いの形に歪めてわずかに目を伏せた。

何度も何度も傷つけられて、いい加減もう慣れたはずなのに、それでもやはり痛みを感じてしまう。

そう言いたげな、見ているほうが切なくなる表情だった。

ふたりの間で積み重ねてきた時間、関係、過去、記憶。自分には関与できないそうした事実を見せつけられた気がして、苦味のある悔しさが迫《せ》り上がってくる。それを噛みしめ飲み下すと、強い決意が生まれた。

——レギウスには負けたくない。エリファスの信頼を少なからず得ているという事実を土台にして、彼に負けない関係を築いていきたい。

心の底からそう思う。自分でも驚くほどの強さで。

クライスは普段、他人に対して競争心や嫉妬心を抱くことはあまりない。ただ、友人や上官から『お前はのほほんとして見えるのに、意外と負けず嫌いなところがある』と言われることはある。悔しさを相手に直接向けるのではなく、己に向けて黙々と努力を積み、結果として相手を上まわる。

自分ではよく分からないが、そういうことらしい。

「あんたが後生大事にしているこの肉の器《うつわ》は、ここにいるクライスが傷ひとつつけず守ってくれる。だからあんたは安心して療養所にもどればいい。さっきから顔が真っ青だぞ。ここで倒れてもオレは運んでなんかやれないからな」

無情なエリファスの言葉に、レギウスは悔しそうに眉根を寄せた。額から流れ落ちた脂汗が眉間の皺を濡らしてゆく。レギウスは自分でも体調の悪さを自覚しているのか、その場で倒れるという醜態をさらすよりはと言いたげに、歯を食いしばって踵を返した。柱の影で見守っていた看護師がすばやく走り寄って、よろめく肩を支えると、忌々しそうに頭《かぶり》を振りながらも今度は追い払おうとせず、そのまま遠ざかってゆく。

「好き勝手できるのも今のうちだ。せいぜい幻の自由を楽しんでおけ」

最後にそんな捨て台詞を残して。

そして二日後。二度目の儀式は早朝、まだ西の空に星が残っている時間にはじめられた。

今回クライスは外に閉め出されることなく、内親王殿下の寝室でエリファスの護衛を務める。

前回と同じように窓は板でふさがれ、室内にある家具は寝台と小卓ひとつを除いてすべて運び出されている。寝台にはこの十日間、ほとんど眠って過ごした内親王殿下が横たわっていた。

手足は肌を傷つけないよう入念に注意した上で、やわらかな絹布で寝台の支柱にしばりつけてある。

エリファスの説明によると、それは彼女の肉体を守るためだという。悪魔に操られて自分で自分の身を傷つけないように。

エリファスはクライスと、胆力に定評のある侍従ふたりを伴って寝室に足を踏み入れた。

本来なら助手を務める司祭をひとりかふたり、必ず同席させるのが慣わしだというが、前回同様、今回もエリファスはひとりで悪魔と対峙《たいじ》する。

前回は同席させた侍女――内親王殿下が最も信頼して家族同様に親しんでいた――が儀式の途中で

錯乱し、終わるまで決して開けてはいけないときつく言いつけられていた扉を開いて逃げ出したせいで散々な結果に終わった。今回の侍従ふたりには、何があっても決して被憑依者に触れてはいけない、許しのないまま扉を開けてはいけない、部屋を出てもいけないと念入りに警告を与えてある。

さらにエリファスはクライスに向かって、儀式の進行に従って起きる現象を説明し、注意すべき点を念押しした。

「おまえにはオレの身体を守ってもらう。たぶん途中で気絶したようになるけど、心配しなくていい。抱き起こすのはいいけど、絶対に揺らしたり、名前を呼んで目を覚まさせようとするなよ。自然に気がつくまで待て。そして側から離れるな」

足首まである白の上衣《キャソック》の上に腰丈の肩衣《サープリス》——繊細な刺繍織《レース》でできていて、あつらえたように似合っている——を身につけ、その上に紫色の長い頸垂帯《ストラ》を垂らすという正装で現れたエリファスは、内親王殿下の寝室に足を踏み入れると、閉めた扉に五芒星《ごぼうせい》を描いて封印を施した。

それから寝台の足側にある小卓の上に、ふたつの燭台《しょくだい》を置いて蠟燭《ろうそく》を立て火を灯す。そしてクリストゥスの受難を示すと言われる等長の十字架を吊した数珠《ロザリオ》、祈禱書、そして聖水が入った小瓶を燭台の前に置き、一番手前に小さな小石のようなものを六つならべた。聖堂や神殿跡地めぐりのとき、時々拾っては骰子《さいころ》を振るように手の中で転がしていたものだ。

ふたりの侍従をそれぞれ寝台の両脇に待機させせると、エリファスはクライスを背後に立たせて聖句を唱えはじめた。すべて古語なので内容は理解できないが、クライスが前もって調べておいた知識によると、最初の聖句は室内にいるすべての人間への加護祈願のはずだ。

　エリファスはなめらかに聖句を詠唱しながら十字を切り、被憑依者である内親王殿下とふたりの侍従、そして自分とクライスに聖水を振りかけると、その場に跪いて、最初のものとは別の長い聖句を唱えはじめた。その声はふだんより少し低く、艶を増した独特の深みと響きがある。まるで、名人が奏でる楽の音のように室内を満たしてゆく。

　ひとつの聖句ごとに十字を切り、前の語尾の余韻が消えないうちに次の聖句を重ねる。ひとりが出している声なのに複数の人間が唱和しているように聞こえる。それが半時間ほども続いた頃だろうか、クライスは不思議な感覚に襲われた。手足の感覚が消えて、自分が宙に浮いているように感じる。そして、目の前の風景が二重写しに見えてきた。

　ひとつは現実にある室内の様子。もうひとつはそれとよく似た、けれど明らかに異質な部屋。

　天井は高く広く、壁は見たこともない不思議な浮き彫りでびっしり埋まっている。初めて見るのに、どこか懐かしさを感じる模様。ずっと見入っていたいと思いながら、クライスは無理やり視線を寝台にもどして内親王殿下の様子を確認した。

　殿下はときどき小さく身動ぐだけで変化は見られない。しかし、寝台の両脇に立っているふたりの侍従が身体を揺らめかせ、眠気をこらえきれないかのようにその場に崩れ落ちる。それから少し遅れて、エリファスの身体も芯《しん》が抜けたようにふらりと倒れ込んだ。クライスのいる後ろへ。

「…！」

前もって言われていた通り、クライスはあわてずその身体を抱きとめると、片膝立ちの姿勢をとって長期戦に備えた。目を閉じたエリファスの顔に苦悶《くもん》の表情はない。その頬にかかるひと筋のくすんだ金色の髪を、指先でそっと払ってやってから顔を上げると、目の前にエリファスの背中が見えた。

「え…？」

クライスはあわてて自分が両腕で抱きしめている身体を見た。

間違いなくエリファスはここにいる。それなのに、自分の一歩前にもエリファスが立っている。

磨り硝子越しの灯火のように内側から輝いて、にじみ出た光が身体の輪郭を波打たせていた。

それを見てようやく、目の前に背を向けて立っているのは現実のエリファスではなく、二重写しになった模様のある部屋と同じ現象だと気づく。

半分透けたようにも見えるエリファスの口から、再び古語による詠唱が流れはじめた。肉声ではないはずなのに、肉声より朗々と響いて聞こえる。しかも今度はクライスにも意味が理解できた。

『無知なる者に悪魔と呼ばれし存在よ、その者から離れて本性を取りもどしたまえ』

クライスに背を向けたエリファスが声をかけながら歩を進めると、寝台に横たわった内親王殿下の身体から、青黒い湯気のようなものが立ち昇るのが見えた。それが身をくねらせる蛇のように渦巻きながらエリファスに襲いかかった。

「――……ッ」

とっさに飛び出そうとして、腕の中にある重みで我に返る。

何があっても側を離れてはいけないと言われた。

エリファスを抱いたまま拳をにぎりしめ、強く唇を引き結ぶ。そうしている間にも、部屋の中は嵐《あらし》が訪れたように風が吹き荒れはじめた。

怒りと恨みを具現化したような暴風は、二重写しの室内を滅茶苦茶《めちゃくちゃ》に荒らしてゆく。けれどなぜかクライスの周囲だけ、硝子板で守られているように無風で無事。そのまわりで激流に流した墨のような闇色の筋が暴れ、色とりどりの光がそれぞれ明滅しながら飛びまわる。

七色に淀《よど》んだ幻視の水が、浜辺に打ち寄せる高波のように勢いよく襲いかかり、室内にあるすべてを押し流そうとする。荒れ狂うそれらから一歩も身を引かず、立ち尽くすエリファスの髪は千々に乱れ、白い祭服も様々な色に染まったかと思うと、洗い流されたように白を取りもどす。

暴風は幻視の世界だけでなく、現実の室内も荒らしはじめた。

絨毯がめくれ上がって床がうねり、寝台の天蓋《てんがい》が外れて床に落ちると、破片があたりに飛び散る。

クライスは我が身を呈してエリファスの身体を守った。

腕の太さほどある折れた支柱が飛んでくると、剣の鞘《さや》でなぎ払い、寝台から剝ぎ取られた上掛けが、絞りかけの雑巾《ぞうきん》のような形で襲いかかってきたときは、エリファスを床に寝かせ、その身体を跨《また》ぐ形で立ち上がり、剣を抜いて一刀両断してやった。

クライスが物理的な攻撃を防いでいる間に、幻視の世界のエリファスは襲いかかる暴風を鎮めにかかっていた。

『狭量な嫉《ねた》む神によって闇に追いやられた豊潤の女神よ、どうか鎮まりたまえ』

エリファスの声に刺激されたのか、荒れ狂ったうねりはひとつの太い筋になり、無数に瞬く光が万もの鱗《うろこ》になってその身に寄り添う。まるで巨大な蛇……いや、龍《りゅう》だ。

怒り狂った龍は牙《きば》を剝《む》いてエリファスに襲いかかり、七本の蛇に裂けて飛び散ったかと思うと、再び頭上でひとつにまとまり、上から凄《すさ》まじい勢いで降下してくる。

それに向かって、エリファスは手に持った小石を掲げて呼びかけた。

『――虚空の女神リリス。あなたが宿るべきはその者ではなく、ここだ』

確たる声で宣言したとたん、再び裂けて七本になった龍のひと筋が、親指の先ほどしかない小さな石に向かって躍りかかった。いや、吸い寄せられたのかもしれない。

『仲介者ソフィよ』

『豊穣をもたらすダキニよ』

エリファスは龍が襲いかかるたび、別の小石を掲げて名を呼んだ。龍は次々と小石に吸い取られ、最後に黒曜色の巨大な蛇が一匹残った。その尾は内親王殿下の下腹部と溶け合うように混じり合っている。

エリファスは六本の蛇を吸い取った小石を、ひとつずつ寝台の足元に置いて六芒星を描くと、舞い手のような優雅な動きで中空に美しい模様を形作り、最後に残った蛇の名を呼ぶ。

『湿潤なるフュシスよ――』

呼ばれたとたん黒々とした蛇身が小波立《さざなみだ》って弾け飛び、中から金色に輝く光の矢が現れて、エリファスが小石で描いた六芒星の中心に飛び込んだ。と、同時に、そこからクライスがこれまで経験したことのないまばゆい光が広がり、あたりが急に静まり返る。

視界を真っ白に染めた光が収まると、荒れ果てた部屋の中心、寝台にぐったりと横たわる内親王殿下の上に、本来の姿を取りもどした女神が佇《たたず》んでいた。

下半身は蛇で、上半身には乳房が四つある女性の身体。

豊かな黒髪は床に届くほど長く、微風を受けたようにうねうねとそよいでいる。瞳は輝く金色で、あまりに神々しいため、人の身で長く見ることは叶わない。

龍を悪魔の化身とみなすクリストゥス教からすれば、現れたものの外見は確かに異形で悪魔と呼べるかもしれないが、存在自体はとてつもなく美しい。人間とは別次元の美と力に満ちている。

言葉もなく見守るクライスの目の前で、異形の女神はエリファスと何か言葉もしくは意思を交わしたようだが、厚い透明な膜でさえぎられたように、クライスには聞き取ることができなかった。

最後に女神は喜びに身をくねらせ、天空に開いた七色の光の渦へ向かって泳ぎ去った。

光の軌跡が初夏の時雨《しぐれ》のように輝いて降りそそぐ中、女神を見送ったエリファスの横顔があまりにも寂しそうだったので、クライスは胸を衝《つ》かれた。

まるで知らない場所にひとり置き去りにされた幼子のような顔。

その理由を知りたいと強く思いながら、瞬きをひとつしたとたん、二重写しの幻視が消えて現実の世界がもどってきた。

光輝いていた半分透明なエリファスも消え、代わりに腕の中の悪魔祓い師《エクソシスト》がうめき声を上げる。

クライスはその手をつかんでにぎりしめ、謎多き天使が目を覚ますのを静かに待ち続けた。

†　Ⅳ　連れ去られた天使

悪魔祓いは成功に終わった。

表向き、内親王殿下に憑依していた〝悪魔〟はエリファスの力で地獄の底へ追放された、と記録されることになる。けれどクライスは〝悪魔〟と呼ばれていたあの存在が、人々の言うような悪《あ》しきものではないと知ってしまった。

「あれはクリストゥス教が興《おこ》るよりずっと前から世界に偏在していた神格のひとつで、三千年くらい前に南の大陸からオリエンスに渡ってきた水神だ」

儀式のあとで一度目を覚ましたエリファスはそう教えてくれた。エリファスはそれから事後処理をすませると、食事と用を足すとき以外は冬眠中の熊《くま》よろしく昏々と眠り続けて、今日で丸三日になる。

訊きたいことが山ほどあるのに、食事を摂る間も半分眠った状態でほとんど会話が成り立たない。

自分たちに時間が無限にあるのなら、ゆっくり待てばいいだけの話だが、刻一刻と別れの時が近づいていて、そのことに焦りを覚えはじめていた。

午後になっても寝台の上で身を丸め、すぅすぅと軽やかな寝息を立てて眠り続けるエリファスのとなりに腰を下ろしたクライスは、報告書をまとめながらときどきエリファスの寝顔を確認しては、静かに溜息を吐いた。

――この人が目を覚まして、そしてあのレギウスが回復して動けるようになったら、ヴァレンテへ帰ってしまうのか…。

一緒にいることが当然になっているこの温もりが、離れて二度と逢《あ》えなくなることが信じられない。

手を伸ばしてやわらかな金色の髪に触れ、そっと撫でてから、指先で額、こめかみ、頬の線をやさしくなぞって最後に唇の端にたどりつく。ひとさし指の背で珊瑚色の唇に触れて軽く押すと、わずかに開いて甘い吐息がこぼれる。まるで唇接けを待っているような、無防備な寝顔に理性が揺らぐ。

指に触れる唇はしっとりとやわらかい。指ではなく、己の唇で味わいたい衝動に負けそうだ。

――いやだめだ。それはいけない。

自分を信頼してすべてを預けてくれている人に、許可なく触れるのは人としてまずい。

かといって、起きているときに唇接《キス》けしていいですかと訊ねたところで「阿呆《あほ》か」と一蹴されるのがオチな気がして、やはり煩悶するしかない。

「でもまあ、当たって砕けろの覚悟で、言うだけ言ってみるのもアリだよな」

もしかしたら聖職者の懐深さで、一度くらい許してくれるかもしれない。

いやいやいやいやいや。さすがにそれは自分に都合がよすぎる妄想だ。クリストゥス教はたしか同性愛を禁じていたはず。いろいろ型破りとはいえ、エリファスは教会の高位聖職者なんだから、さすがに無理か。だったらやはり、別れの前に一度だけ思い出として、寝ている間にこっそり…。いや、それより目を覚ましたらきちんと許可をとって――。すげなくあしらわれたら、ちょっと強引に口説いてみようか。などとぐるぐる堂々めぐりをするうちに、はたと気づいた。

二十八にもなって自分が思春期のガキみたいに舞い上がっている、その理由。

――なんだ俺、エリファスのことが…本当に好きなんだ。

いつの間にこんなに…と、自分でも不思議に思う。見た目と内面の落差に幻滅するどころか、好ましく可愛いと感じてしまった時点で、たぶんもう捕らわれていたんだろう。

信頼を寄せられることが嬉しい。時々見せる、置き去りにされた子どものような表情が気になって。欠けた場所に何かが流れ込むように、側にいると、どうしようもなく惹きつけられてしまう。

いくら美人でも男に対して唇接けしたいとか、できればもっと触れ合いたい——有り体に言えば抱いてみたい——などと思える自分に多少戸惑いは覚えたものの、すぐに大した問題ではないと無視できるようになった。

問題は、エリファスが受け入れてくれるかどうかだ。

そちらのほうは、すんなりいく保証はなにもない。

「……はぁ」

クライスはこれまで誰かに熱烈に恋して悩んだ記憶がない。大学時代の友人や近衛隊士になってからの同僚には、好いた女性とのやりとりに一喜一憂したり、結婚するために苦労してなった近衛隊士を辞めた者もいたが、自分はそれほどの情熱を持てなかった。

故郷で暮らしていた頃に近所の幼なじみと淡い恋をしたけれど、ままごとみたいな唇接《キス》け止まりだった。クライスが家を出て王都に来た時点で彼女との関係は終わり、祖父の葬儀に出るため帰ったときには、もうすでに結婚して一児の母になっていた。

大学に入学すると都生まれ都育ちの女の子と知り合い、三年ほどつき合ったが、卒業すると互いに忙しく会う機会が減って自然消滅した。彼女に新しい彼氏ができて結婚したと風の噂で聞いても、特に動揺もしなかったし衝撃も受けなかった。それなりに身体も心も重ねて三年も過ごしたのに、そんな反応しかできない自分にむしろ驚いたくらいだ。

あまり好きではなかったのか…と、そのとき初めて気づいて以来、積極的に女性とつき合いたいとは思わなくなった。近衛隊士の仕事が激務でそんな暇はなかったという理由もある。

自分は恋愛感情にあまり縁がないと思い込んでいたけれど、エリファスと出会った今なら、それがまちがいだったと分かる。

「エリファス、あなたのことが好きです。大好きです」

額にかかった髪を梳き上げてやりながら、少しだけ顔を寄せてそっとささやいてみる。それだけで胸の中がむずがゆくなるような愛しさと嬉しさがあふれ出し、幸せな気持ちに包まれる。ふわふわと浮き立った自分がおかしくて笑みを浮かべた瞬間、エリファスがパチリと目を開いた。

「本当か？」

「……ッ」

見上げてくる瞳があまりにもまっすぐで一瞬心臓が止まった。が、すぐに開き直ってうなずく。

こういうのを天の采配《さいはい》というのだろう。残された時間は少ない。ぐずぐずしないで早く告白しろと。

「はい」

エリファスは無言のまま、真意を探るようにクライスの瞳をのぞき込んできた。

何もかも見通す目。善も悪も、欺瞞《ぎまん》も誠意も。光によって裏側へ追いやられる心の闇さえも。

その眼差しを、クライスは拒むことなく受け入れた。己のすべてをさらけ出して相手に委ねると、温かな夏の湖に手足を伸ばして浮かんだときのような解放感を覚えた。

目を通して胸の奥に、エリファスの一部が入り込んでくる。羽毛のような軽やかさで触れて探って、心ゆくまで味わうと、気がすんだのか静かに離れていった。

「…本当みたいだな」

「嫌では、ないですか？」

「別に」

「それであの」

答えは…と訊ねかけたとき、部屋の扉を叩く音が響いた。どこか耳障りな甲高い音だ。

クライスが起き上がって寝台を降りると、エリファスも身を起こした。まるで何かを予期したように、黙り込んで祭服に袖を通す表情はどこか暗い。

「私が出ます。エリファスはここにいて」

手のひらで大丈夫だからと合図して寝室を出る。素早く上衣を身にまとい手櫛で髪を整え、釦をきっちり上まで留めて扉の前に立ち、のぞき穴から外を確認しながら返事をする。

「はい」

「カルヴァドス隊士、隊長のドゥルシトルだ」

クライスはすぐさま扉を開けて敬礼した。ドゥルシトルは返礼して用件を切り出した。

「任務終了だ。レギウス・キングスレー卿がエリファス大司教を迎えにいらした」

「は…」

「本日只今より、エリファス大司教の御身柄はレギウス・キングスレー卿の保護下に返還される。君には報告書を提出したのち三日間の休暇を与える。長い間ご苦労だったな」

最後に労いの言葉をかけてドゥルシトル隊長が横に移動すると、背後にレギウスと、他にも黒衣の男がふたり立っていた。

レギウスに五日前に見たときの衰弱ぶりは片鱗《へんりん》もない。厚い胸板を見せつけるように胸を張り、堂堂と直立してクライスを睥睨《へいげい》してくる。その目には明らかな敵意がこもっていた。

「エリファス」

レギウスが名を呼ぶと、クライスの後ろにいたエリファスが小さな溜息をもらしながら前に出た。髪も肩もしおれて生気がない。顔には初めて見たときのような無表情が張りついている。

「エリ…」

思わず引き留めようと手を伸ばしかけたとき、それより早くレギウスが詰め寄ってエリファスの腕をつかんだ。そのまま強く引き寄せようとしてエリファスの抵抗に遭い、眉間にぐっと皺が寄る。

「オリエンス人の前で私に恥をかかせる気か？」

数歩離れた場所に待機しているドゥルシトル隊長のほうへ目配せして、強い調子でささやく。

「あんたの面子《めんつ》なんか、オレには関係ない」

エリファスは早口で言い返しながら、つかまれた腕を引きもどそうと足を踏ん張った。

ふたりの間に緊張が走る。まるで極限まで巻きすぎた弦のように。

その弦を弾くように、レギウスが独特の響きを持つ声を発した。

「〝エリファス〟」

名を呼びながら、右手の中指に嵌《は》めた指輪をエリファスの眼前につきつける。とたんに、エリファスは抵抗する力を失い、易々《やすやす》とレギウスの腕に抱き寄せられてしまった。

「――…ッ」

とっさにこらえきれず伸ばしたけれど空をつかんだクライスの手を、レギウスが冷笑しながら見下ろす。それだけなら、あきらめることができたかもしれない。けれど一度だけ、力なくふり返ったエリファスの濡れた瞳を見た瞬間、クライスの中に不屈の闘志が生まれた。

半月近く寝起きをともにして、言葉にしなくても表情と瞳の色だけで、気持ちは充分理解できるようになった。エリファスは明らかにレギウスに連れて行かれるのを嫌がっている。

――俺に助けを求めてる。

その確信がレギウスへの抗議になった。

「嫌がっているじゃないですか」

上官の見ている前で国賓待遇の人物に対して取るべき態度ではない。頭では分かっていても、感情が抑えられなかった。けれど、エリファスに向けて差し出した手に返されたのはレギウスの冷笑だけ。エリファスはレギウスに肩を抱かれてうつむいたまま、もうこちらに顔を向けようとはしない。

「エリファス…」

「もう貴様の仕事は終わりだ。二度と私のエリファスに近づくな」

指が食いこむほど彼の肩を強く抱き寄せながら、レギウスはそう言い捨てて背を向ける。

去り際にほんの一瞬だけ見えたエリファスは、ひどく辛《つら》そうに唇を噛みしめていた。


いずれ別れの時がくると、覚悟はしていたつもりだったのに、あまりにも突然奪い去られたせいで、心が納得できなかった。せめて最後にエリファスと言葉を交わし「好きだ」と告白した答を聞きたい。その一心でクライスは与えられた三日間の休暇を、エリファスにもう一度会うための努力に費やした。

上官を通した正式な面会申し込みはすげなく却下され、知人友人の伝手《つて》や職権を利用した接触の試みも〝聖なる盾〟の鉄壁な防御に弾き返された。

変装してエリファスが臨席する大聖堂の特別礼拝にもぐり込んでもみたが、遠くに姿を確認できただけで、近づくことも声を交わすこともできなかった。

最後の機会は一行が帰国する前日に催される国王主催の園遊会だ。内親王殿下を救ってもらった感謝と、今後末永く両国の友好関係が続くことを祈願した懇親の宴《うたげ》である。クライスは休暇の最終日にもかかわらず会場警衛に志願したが、レギウス・キングスレー卿からの通達という理由で却下された。

「おまえ何やらかしたんだよ」

大聖堂の特別礼拝からもどって食堂に行くと、ちょうど昼食を摂っていたウェスカーに呼び寄せられ、ひそひそと耳打ちされた。

「俺らんとこまでレギウス・キングスレー卿の通達がきたぞ。『我々が帰国するまでクライス・カルヴァドスの接近を禁じる』って」

「別になにもしてない。命令された任務を遂行しただけだ。それより」

「見てない」

察しのいいウェスカーは、クライスが質問する前に答えた。

「例の悪魔祓い師《エクソシスト》殿は、部屋にこもって一歩も外に出てない。面会は一等級の王族か、大臣級じゃないと許可されないみたいだ。それだって、近衛隊士は部屋の外で待機を厳命されてる」

「……」

組んだ手に額を乗せて下を向き、思わず大きな溜息を吐いてしまった。

「なんでそんなに会いたいんだよ。何か言い忘れたことでもあるのか？」

「いや、……まあ、そんなとこだ」

「だったら頭を使えよ」

「何か手があるのか？」

顔を上げると、ウェスカーが耳を貸せと人さし指で手招いた。

「おまえの高貴なご友人方の助けを借りるんだよ」

クライスには身辺警護を通して知り合った高位貴族の友人や知人が何人もいる。皆、クライスの警護ぶりに満足して、仕事を離れても言葉を交わすようになった人々だ。

ウェスカーは彼らに頼んで園遊会の招待状を手に入れろと言う。

「おまえこれまで、そういう頼みごとしたの一度もないだろ？　そういう人間のここぞという時の頼みごとってのは、けっこう効くもんだ。駄目もとでいいから頼んでみろよ。ブロンテス公爵夫人なんかいいと思うぞ。お前に息子を助けてもらってものすごく感謝してたからな」

確かに。お忍びで迷い込んだ下街でならず者に絡まれていた、公爵夫人の子息ライフリートを助けたのは任務中ではなく休養日の外出中で、公爵夫人には深く感謝された。しかしクライスは金銭や贈り物といった感謝の品は受けとらなかった。代わりに公爵夫人の茶会には招かれてときどき顔を出し、十一歳のライフリートの遊び相手兼護身術の教師役を務めたりしている。

他のことなら決して、相手の地位や身分を頼った願いごとなどしない。けれど今回ばかりは、ウェスカーの提案に乗るしか方法はなさそうだった。


翌日。

園遊会は正午前にはじまった。予定では、昼食を挟んで午後にはお開きとなる。

エリファスと接触できる最後の機会だ。

クライスは快く協力を申し出てくれたブロンテス公爵夫人の力で手に入れた、名前入りの招待状を使って堂々と会場に足を踏み入れた。

服装は式典用の準礼装だ。ヴァレンテと誼《よしみ》を通じたい軍関係の人間がかなり多いので、クライスの近衛隊士らしいきびきびとした動きもさほど目立たない。

会場の庭園には銀盆を捧《ささ》げ持った給仕が優雅に行き交い、色とりどりの軽食や菓子、酒杯などが並んだ小卓の上には日除《ひよ》けが張られ、木陰の下には椅子が何脚も置かれている。青い芝生の上では人々の談笑が小波のように華やぎを醸しだしていた。

招待客は全部で五〇〇名ほどだろうか。そこかしこで人の輪ができて会話を楽しんでいるようだが、中でも一番大きな輪は、入れ替わり立ち替わり人の出入りが激しい。ひと言挨拶を、ひと目姿を見たい、ぜひ誼を通じたい。そんな客が多いからだ。

観賞魚の群を縫うように、しなやかに人を避けながら庭園を横切ったクライスは、人垣にまぎれて大きな輪の中心に近づいた。下手にひとりになる好機を狙《ねら》ったところで、レギウスに見つかって騒がれてしまえば終わりだ。そうなる前に素早く目的を果たした方がいい。

前の客が辞して次の客が近づこうとしたわずかな隙に割り込んで、素早く目の前に進み出た。

「エリファス」

能面のような顔をして次々と現れる客に応対していたエリファスが、水を浴びたようにパチリと目を見開く。そのとなりでレギウスが鬼のように剣呑《けんのん》な気配をみなぎらせた。無情な〝聖なる盾〟が口を開く前に、クライスはエリファスに申し出た。

「あなたと話がしたい。ふたりだけで」

山のように客がいても、主賓であるエリファスが望めば通るはず。それだけがクライスの勝機だ。

「貴様、なに寝惚けたことを言って」

不審者をつまみ出す要領でレギウスが一歩踏み出し、クライスにつかみかかろうとした瞬間、驚きから回復したエリファスが軽く手を上げてその場を制した。

「よせ、レギウス」

「エリファス！」

「クライスと話す」

「駄目だ。私に逆らうつもりなら」

「そんなことは不可能だって、あんたが一番よく知ってるだろ。何もしない。ただ、五分だけでいいから、ふたりきりにしてほしいだけだ」

「――……」

「話をするだけだ。あんたの目の届く場所で。それくらい、いいだろ?」

互いにしか聞こえないようなささやき声だが、ふたりが言い争っていることは周囲で見守っている人々に筒抜けだ。レギウスは彼らを一瞥してからクライスを睨みつけ、最後に視線をもどしてエリファスに許可を与えた。忌々しさを声ににじませて。

「五分だ。それ以上は一秒たりとも許さない」

エリファスはうなずいてクライスの腕をつかみ、人垣を離れて誰もいない木陰のひとつに向かった。

「何しに来た」

話を聞かれる心配のない場所までくると、エリファスは立ち止まってくるりとふり返った。前置きも何もない。時間が惜しいからだ。だからクライスも単刀直入に核心を告げた。

「三日前、彼に連れて行かれるとき、あなたが何か言いたそうだったから。それを聞きにきました」

本当は「好きだ」と告白した答えも聞きたかったが、とりあえずそれは後まわしだ。

「聞いてどうする」

「それがあなたの望みなら、叶えます」

「阿呆か」

相変わらずの口の悪さに思わず笑ってしまった。

やはり愛しい。側にいたい。できることなら連れ去ってしまいたいほどに。

クライスが笑うと、エリファスも肩の力が抜けたのか、ふっと表情をやわらげて本音を告げた。

「おまえには〝守護者〟の力がある」

「はい」

正直、それがどういう力なのかまだ分からないが、今は脇に置いておく。

「オレの〝守護者〟になって、ヴァレンテに来て欲しい」

「わかりました」

考える前に答えを口にしていた。理性ではなく本能が反応したからだ。ここでためらえば、二度と再びエリファスに会うことは叶わない。それだけは痛いほど分かったから。

あまりの即答ぶりに、頼んだエリファスのほうが驚いて聞き返してくる。

「いいのか？　オリエンスにはもどれないかもしれないんだぞ。おまえの夢が」

「ヴァレンテにも、林檎の樹が育つ土地くらいあるでしょう？」

「――たぶん…な。オレはよく知らない。住んでるとこから滅多に出ないし、遠出するときは護衛がうじゃうじゃ、自由行動もほとんどできねぇし。行き帰りも、風景とかあんまり見た記憶がない」

そう言ってわずかにうつむいたエリファスがたまらなく愛おしく、胸が痛くなるほど哀れに思えた。慰めたくて自然に伸びた腕を止めることができない。肩と背中に腕をまわしてそっと抱き寄せると、エリファスは抗うことなく肩口に頬を預けてくれた。

「エリファス、あなたは…」

いったいどんな過去を持ち、どんな状況で生きているのか。

「まずい。レギウスが悪鬼みたいな顔でこっちにやってくる。クライス、その場に跪け」

顔を上げたエリファスの命令に、クライスは素直に従って片膝立ちの姿勢を取った。

「クライス・カルヴァドス。汝《なんじ》をエリファス・レヴィ＝キングスレーの名においてヴァレンテの聖天使エリファスの〝守護者〟に任ずる。汝はエリファス・レヴィに永久《とわ》の忠誠を誓うか。――返事を」

「誓います」

エリファスは自分の首にかけていた数珠十字架《ロザリオ》を外して唇接けてから、それをクライスの首にかけて、早口で続けた。

「エリファス・レヴィはクライス・カルヴァドスの宣誓と忠誠を受け入れる。立て。これでおまえはレギウスと同格だ」

言われた通り立ち上がったところで、レギウスが憤怒の形相でふたりの間に割り入ろうとした。クライスは毅然《きぜん》とした態度でエリファスの前に立ち、レギウスの横暴を制止した。

同格というなら遠慮する必要はない。

「貴様…ッ――エリファス、いったい何を考えてる！」

「クライスをオレの〝守護者〟に任命した」

「な…っ」

「正式な任命だ。これからは彼を同格者として扱え。クライスへの無礼は〝ヴァレンテの聖天使エリファス〟の名において、オレが許さない」

レギウスは信じられないものを見る表情でエリファスを睨《ね》めつけてから、灼熱《しゃくねつ》に凍える刃《やいば》のような視線をクライスに叩きつけた。風圧にも似た強い感情をまともに浴びても、クライスは微動だにせず、エリファスの傍らに立つ権利を得た喜びを噛みしめていた。

翌朝。飛空船でヴァレンテに帰国する一行とともに、クライスは故国オリエンスを離れた。わずか一カ月前まで疑うことなく思い描いていた未来とは、まるでちがう道を選んだことに悔いはなかった。

† Ⅴ　光と影の帝国《ヴァレンテ》へ

ヴァレンテの中心にならび建つサン・アンゲルス大聖堂とサン・ラディウス宮殿の上空に飛空船が差しかかったのは、翌日の昼前。

船と馬車なら二十日以上かかる距離を、ほぼ一日で移動したことになる。風向きが味方すればもう少し時間短縮できるという。オリエンスの軍部が目の色を変えてヴァレンテに働きかけ、オルゴン動力輸入量の増加を図《はか》るのも無理はない。

上空からでもその巨大さと偉容さがひしひしと伝わってくる大聖堂と宮殿を見下ろしながら、クライスは内心で感嘆の溜息を吐いた。その耳元に、となりに座っていたエリファスが唇を寄せてくる。

「もうすぐだ。そのまま目を離さず下を向いてろ。面白いものが見える」

自分だけにしか聞こえないだろうささやき声に振り向こうとした頭を押さえられ、小さな窓から目を離すなと念押しされる。

なんだろうと思いながら下を見ていると、それまで白銀に輝いて見えていたサン・アンゲルス大聖堂が、突然漆黒に変わった。

「え…!?」

目の錯覚かと、思わず瞬きをするうちに漆黒の大聖堂はふたたび白銀にもどり、飛空船の高度が下がるにつれて眼下にあった尖塔《せんとう》の先端は真横へ、そして上空へと遠ざかってゆく。

「さっき一瞬、色が白から黒に変わりましたけど、どうして」

「角度のせいだ。真上から見下ろしたときだけ漆黒に見えるように設計されてる。不思議だろ。この聖堂を造った人間が、何を考えてそんな仕掛けを仕込んだのか」

互いに額が触れ合わんばかりに顔を近づけて、ひそひそとささやき合っていると、エリファスの向こうどなりから不機嫌な声が飛んできた。

「もうすぐ着陸だ。カルヴァドス、安全帯を確認しろ」

真冬の氷雪よりなお冷たいレギウスの声に、一昨日みせた動揺の影はない。ヴァレンテという己の勢力圏にもどった余裕だろうか。反してエリファスのほうは、オリエンスでまとっていたやわらかな雰囲気が消え、初めて見たときと同じ金剛石《ダイヤモンド》のように硬質な殻を張りめぐらせている。

ただしクライスに対してだけは守壁《ガード》をゆるめ、心に触れさせてくれる——と思う。

それを単純に喜んでいいのか微妙なところだ。レギウスに対するあてつけという可能性も棄てきれない。

レギウスは間違いなくエリファスに執着している。それがどんな種類のものにせよ、独占欲が根底にあることは確かだ。そしてエリファスはその執着を嫌っている。それは間違いない。けれど、ただ単純に嫌っているとも思えない。何かもっと深い事情があるのではないか。

それがなんであろうとも、揺らぐことなくエリファスを支えられる自分でありたい。

そう決意を新たにしながら降り立ったサン・アンゲルス大聖堂前の大広場で、クライスが最初に感じたのは、薔薇と蜜と乳香の香りに混じった独特の匂い。なんだったかな…と考えて、ふと思い浮かんだのは『死者の匂い』だ。墓地で同じような匂いを嗅《か》いだことがある。

クライスは思わず足元を見つめ、そこがほとんど凹凸のない切石敷《タイル》きであることに気づいて、ヴァレンテの技術力の高さと財力の豊かさに驚いた。そのせいで匂いのことは意識のすみに追いやられてしまった。

飛空船と地上を繋《つな》ぐ昇降階段《タラップ》の先には、出迎えらしき黒衣の司祭たちがずらりとならんで待ちかまえていた。彼らはレギウスとともにエリファスの背後を守るクライスを見て怪訝《けげん》な表情を浮かべたが、直接問い質《ただ》す権限はないのか、口をつぐんでうやうやしく頭を下げる。けれど通り過ぎる際にちらりと顔を上げて、絡みつくような視線で背中を見送るのだった。

クライスは借り物の祭服の立襟に指を差し込んでゆるめたい衝動におそわれた。

オリエンスを出立する前にエリファスの指示で用意された祭服は、〝聖なる盾〟の誰かのものだ。レギウスがクライスに自分の服を貸すわけがないだろうから、残りふたり、ギルダブかシャウラのどちらか。ふたりとも似たような体格だが、ギルダブのほうが恰幅《かっぷく》がいいので彼のものかもしれない。身丈と袖が少し短く、肩はきついのに胴まわりはゆるい。腰帯《ベルト》をしめてまっすぐ立っている分には、さほど見苦しくないはずだが、少し動けば身体に合ってないとばれる。

二列にならんだ出迎えの人垣の先には、首にかけた飾りや腰帯の豪華さから高位だと分かる司教が待ちかまえていた。彼は優雅におじぎをしてから、非の打ちどころのない笑みを浮かべた。

「お帰りなさいませエリファス様、キングスレー卿。教皇聖下と枢機卿の皆さまが首を長くしてお待ちです」

五十近い男の猫撫で声に、エリファスは表情も変えずかすかにうなずいてみせただけで、視線すら合わせない。他人の目には傲岸不遜《ごうがんふそん》な態度に映るかも知れないが、クライスにはそれが彼なりの自衛手段だと理解できた。

豪華な装いの司教に先導され、背後を出迎えの司祭たちに守られて聖堂の入り口まで進むと、今度は緋色《ひいろ》の祭服をまとった枢機卿の出迎えを受ける。

「神が我らに賜《たも》うた聖なる恩寵《おんちょう》エリファス様の、ご無事の帰還お喜び申し上げます。――が、見慣れぬ者が一名〝聖なる盾〟に身をやつして混じっているようですが？」

納得できる説明を聞くまでは決して通すつもりはないと言いたげに、瘦身《そうしん》の枢機卿は一行の前に立ちはだかった。先程の司教と同じく柔和な笑みを浮かべているが、クライスを見つめる目には刺すような鋭さがある。エリファスは枢機卿の問いに、出会った最初の頃のような感情を見せない平坦な表情で淡々と答えた。自分の名に冠された形容をくり返したのは、たぶんわざとで皮肉なのだろう。

「『神がそなたらに賜うた聖なる恩寵エリファス』の名において、オレが〝聖なる盾〟に任命した男だ。クライス・カルヴァドス」

「はい」

「オレが授けたものを見せてやれ」

　クライスは襟元から数珠十字架《ロザリオ》をたぐり寄せ、枢機卿の目前に掲げて見せた。枢機卿はハッと目を瞠り、口ごもった。

「それは…！　――しかし…」

「証人はレギウス・キングスレー卿だ。文句はあるか」

　エリファスがだめ押ししたとたん、となりに立っているレギウスから不機嫌の波が押し寄せたが、否定はされなかった。枢機卿もレギウスの承認を得たのならと引き下がり、道を空けて聖堂内へ一行――エリファスと〝聖なる盾〟クライス、レギウス、ギルダブ、シャウラの五名を先導しはじめた。

　サン・アンゲルス大聖堂は外から見るより中からの方が、その巨大さを実感することができた。

　入り口をくぐると、両手を広げるように堂々とした玄関廊が左右に伸びている。果てなく見える広い廊下をそのまま突っ切って正面大扉から中に入ると、大人の背丈の五十倍はありそうな高い天井と壮麗な装飾に彩られた身廊の素晴《すば》らしさに度肝を抜かれた。モザイクに彩られた身廊の床幅は、馬車が十台ならんで走れそうなほど広く、歴代の聖人や教皇の柱像が建ちならんだ向こうにある側廊も、それぞれ身廊の三分の一近い幅がある。

高い天井とその周囲に造られた窓から射し込む陽光は、神の恩寵のごとく聖堂内を照らし出すが、光の筋から逸れた場所は闇に沈む。人の手が届かない天井近くは光にあふれて神々しく輝いているが、床に近づくにつれ太陽の光量は減り、代わりに点《とも》されたオルゴン灯がなければ人の顔を見分けるのも難しいだろう。

天の栄光と地上の闇を表現した略図。地上にはびこる闇を祓い、苦しむ人々を救うクリストゥスの教えが、オルゴン灯の光といったところか。

床も壁も天井も、様々な模様や図像、象形でびっしりと覆い尽くされて華麗の極みだが、どこか息苦しくもある。身廊の両側に建ちならんだ巨大な聖人像たちの、中空や床に向けられた物憂い視線もそれに拍車をかけている。

敬虔《けいけん》な信徒なら見守られていると感じるのかもしれないが、クライスには監視されているとしか思えなかった。

——いや気のせいじゃなく、監視されてるのか。なにしろ俺は突然現れた余所《よそ》者だからな。

巨大な身廊には自分たち以外誰の姿も見当たらないが、目に見えない場所に身をひそめて不測の事態に備えている警護者たちが、当然いるだろう。

〝聖なる盾〟は聖職者だが、職務上の特権として聖堂内でも帯剣を許されている。クライスはそのことに感謝して、相手に誤解されないよう気をつけながら、いつでも腰の剣を抜けるよう身を引きしめて歩を進めた。

身廊の奥には目がくらむほど豪華で贅《ぜい》を尽くした、そして芸術家の情熱と美への追求を極限まで凝らした祭壇と教皇座が、三段ある階《きざはし》の上に鎮座していた。教皇座にはエリファスと同じ白い祭服を身にまとった老人がゆったりと腰を下ろしている。教皇ゲラシウスだ。エリファスの祭服とちがうのは、立襟の高さと肩衣《サープリス》に金糸でほどこされた刺繍《ししゅう》の豪華さと、腰に巻いた垂帯《シンクチャー》の色だろうか。エリファスの垂帯は服と同じ白だが、教皇のものは金糸織だ。

階《きざはし》から五歩ほど手前でレギウスが小さく「止まれ」とつぶやいて足を止めた。ギルダブとシャウラも同時に止まる。しかしエリファスだけは気にせず進んでゆく。クライスもあとを追おうとしたが、強い力で腕をつかまれ引きもどされた。

「何を」

「馬鹿者、教皇聖下の御前だ。身を弁《わきま》えよ。これ以上は〝聖なる盾〟といえど許可なく近づいてはならぬ」

小声だが強い調子の叱咤に心動かされたわけではないが、自身が王のように尊大で他人に頭を下げる姿など想像できなかったレギウスが、畏《かしこ》まった態度をとったことには驚いた。とりあえず注意に従って他の三人と肩をならべ、椅子から立ち上がった教皇が手を広げてエリファスと再会の抱擁を交わす姿を見守る。抱擁を交わすというより、エリファスが一方的に受けていると言うほうが正しいのか。

「予の守護天使エリファス、よくもどったね。わがままを言って出かけた旅行は充分楽しんだかね」

「ああ」

エリファスの態度は教皇が相手でも変わらないらしい。

教皇ゲラシウスの身長はエリファスよりわずかに高い程度、身体つきも痩せ型で華奢《きゃしゃ》な部類に入る。耳の上から後頭部にかけてわずかに残った髪は白く、祖父が孫を見るような笑みを湛えた目尻にも口元にも、年輪のような皺が刻まれている。歳は確か六十二だったはず。動きはゆったりしているが姿勢がよく、エリファスの肩越しに一瞬クライスたちを睥睨した瞳には、炯々《けいけい》とした力が満ちていた。

「そなたのいないヴァレンテは陽の射さない冬の曇日のようだった。しばらく遠出は控えて聖務に励みなさい。主もそれをお望みのはずだ」

「…わかった」

エリファスは例の無表情に徹して、嫌悪もない代わりに喜びを含めたいっさいの感情を表さない。それがどれだけ不自然なことか、彼の笑顔を知っているだけによく分かる。

「それではさっそくひと仕事頼むとしよう。そなたのもどりが予定より遅れたせいで、浄化待ちがたくさん溜まってしまったからね。〝守護者〟はいつもの三人でいいのか？　おや、今日は四人いるね。しかもひとりは新顔のようだが」

すでに報告を受けてすべてを知っているはずだろうに、教皇は初めて気づいたと言わんばかりに驚いてみせ、説明を求めるようにエリファスの顔をのぞき込んだ。

飛空船の中でエリファスにいろいろ教わったが、ふたりの会話に出てきたいくつかの言葉はまたしても意味不明だ。だからといって、となりに立つレギウスが親切に教えてくれるはずもなく。クライスはこれまでそうしてきたように心の備忘録に書き込んで、あとでエリファスに確認するなり自分で調べるなりしようと決めた。

「オリエンスで見つけた。オレの新しい〝聖なる盾〟クライス・カルヴァドスだ。今日の〝守護者〟はクライスひとりだけでいい」

エリファスがそう告げたとたん教皇が驚いたように目を瞠る。レギウスも何か言いたげに顔を上げたが、エリファスが機先を制した。

「レギウスたち三人は病み上がりだから〝守護者〟はまだきついと思う」

「そうなのかね？　キングスレー卿」

「——…お恥ずかしいことながら、そのとおりです」

レギウスは屈辱が形を成したらこうなるだろうという声と表情で認めた。

「それにしても〝守護者〟がひとりで大丈夫なのかね」

「大丈夫。能力についてはオリエンスの悪魔祓いで証明されてる。そうだろう、レギウス」

ふり向いたエリファスに確認されて、レギウスは渋々うなずいた。

「おお。キングスレー卿が認めるなら大丈夫だな」

レギウスの承認には絶大な信頼と効力があるらしい。教皇の顔から不審が消えて笑顔がもどると、その場に張りつめていた空気も少し和らぐ。

エリファスとレギウスの会話はいつもそうであるように、今回のやりとりも薄刃の上を素足で歩かされるような、ひりひりした緊張感があった。単純な好き嫌いだけの感情とは到底思えない。

一瞬『当て馬にされていたらどうする』という疑問が湧き上がったが、エリファスはそういう器用な性格ではないという、己の直感を信じるしかないと開き直る。

「クライス、ついて来い」

名を呼ばれたクライスは、他の三人をその場に残してエリファスと教皇のあとを追いかけた。

ふたりに続いて祭壇の裏にまわると、そこには壁龕《へきがん》があり地下へと向かう階段が続いている。十段ほどのそれを下ると天井の低い小間があらわれ、その奥に屈強なふたりの神兵に守られた扉があった。神兵によってうやうやしく開けられた扉をくぐると、再び下へと続く階段。そこを降りると小間、扉、そして階段。それを何度かくり返してようやくたどりついた場所は、自然の鍾乳洞を利用して造られたとおぼしき巨大な大広間だった。

垂直にそそり立つ壁には、自然の造形なのか人の手によるものなのか判然としない模様が刻まれている。悪魔祓いの儀式中に見たものと少し似ている気がするが、自信はない。

広大な床には人の背丈の何倍もある透明な丸い硝子球がいくつもあり、それらすべては金属なのか石なのか見分けのつかない台座によってしっかり支えられていた。台座と周囲の床には、呪文と幾何学模様を合わせたような図形が無数に描かれている。

そちら方面に素養のないクライスにも、この場に込められた特別な力は感じられた。

巨大な硝子球には太さがそれぞれ異なる管が繋がっていて、まるで樹の根か人の身体の血管のように、複雑に絡み合いつつ他の硝子球と結びついている。管の中には青黒く輝く液体らしきものが流れていて、まるで血のように脈打ちながら硝子球の中に溜まってゆく。

装置が巨大すぎて全体像を把握するのは不可能だったが、先行するふたりに続いて歩いた範囲から推測できたのは、それらが一定の法則に従って配置されているということだった。

人の声は聞こえないが無人というわけではなく、目深に頭蓋布《フード》を被った黒衣の男たちがそこかしこで装置の手入れもしくは操作らしき作業をしている。そしてどこかに風穴でもあるのか、上下左右どこからともなく、獣の咆吼《ほうこう》に似た音がかすかに聞こえていた。

「ここは…いったい」

エリファスが歩調をゆるめてとなりにならんでくれたので、クライスは小声で訊ねた。前を行く教皇がちらりとこちらをふり返ったが、会話を咎める様子はない。

「口外すれば命はないが、聞きたいか？」

「はい」

エリファスの言葉にクライスは迷わずうなずいた。ここまで来て訳がわからないままでは困る。何よりも知らないことが多いと、いざというときエリファスを助けられない。

「おまえは頭がいいからもう察してると思うけど、知ったらオリエンスには帰れない。家族にも友人にも会えないまま一生ここで、オレを守って生きることになる。それでもいいのか？」

珍しくエリファスが弱気な声を出したので驚いた。同時に、これまでにない愛おしさを覚える。

「それは、あなたの〝守護者〟になると決めたとき、覚悟を決めています」

もうとっくに捕らわれている。身も心も捧げて悔いがないほどに。

「クライス…、おまえはどうして……」

「私のほうこそ聞きたい。エリファス、あなたはどうして私を選んだんです？」

訊ねるにしても時と場所を考えろ。あとからそう猛省したが、このときは「今しかない」と思えた。あの日の告白の答えを、ひと言でいい、好きだとか必要だとか、そういう類《たぐい》の言葉を返してもらえたら嬉しい。その一心だった。

「オレは…」

クライスの必死さが伝染したのか、エリファスの瞳が夢見るように揺らいで潤む。

「オレはおまえが…――、おまえに…た」

その続きを耳が拾う前に、離れた場所からでもよく通る教皇の声にかき消された。

「ここはオルゴン動力の源だよ。地下の鉱脈…というのは少し語弊があるが、とにかくある場所から集められて、ここで精製している。そうだね、エリファス」

エリファスは夢から醒《さ》めたように瞬きをすると、表情を消して教皇に向き直った。

「ああ、そうだ」

「オルゴン動力…の源、これが……」

クライスは思わず立ち止まって、呆然と周囲を見わたした。

ヴァレンテの富の源。オリエンス軍部が血眼《ちまなこ》で欲しがっている奇跡の力。

その事実が骨身に染みわたると同時に、エリファスの警告が単なる脅しではなく事実だと思い知る。

確かに自分は、もう二度と後もどりできない場所に足を踏み入れてしまったのだと。

それでもやはり、後悔することは微塵《みじん》もなかったが。

「そしてここが〝浄化の座〟だ。エリファス、頼むよ」

そう言って教皇が指し示したのは、大広間を縦横無尽に走りまわっていた硝子管のすべてが集結した場所。天井から吊《つ》り下がったものと床に埋めこまれたもの、ふたつの巨大な硝子球の間に教皇座によく似た椅子がある。巨大な砂時計の、砂が通り抜けるほそい部分に椅子が置かれた形だ。

下の硝子球には大広間を縦横無尽に走りまわっていた管のすべてが集結して、オルゴン動力の源が青黒く波打っている。床を這《は》う管の形は、真冬の窓に浮かぶ霜の花模様に似ている。

エリファスが池にかけられた橋のような通路を通って〝浄化の座〟に腰を下ろす。クライスはその面前に立って浄化作業を見守るようにと言われた。

教皇がふたつの硝子球の周囲に描かれた円陣から出ると、エリファスが顔を仰向《あおむ》けて目を閉じる。それが〝浄化〟のはじまりを示す合図だった。

青黒く血のように粘ついたオルゴン源が、下の硝子球から這い上がってエリファスの中を通過すると、青白く輝く美しい液体に変わる。まるで光を凝縮したような清らかな動力に。

浄化が進むにつれてエリファスの顔に苦悶の色が広がり、それまでかすかに聞こえていた遠吠《とおぼ》えのような音が、次第に大きくなってゆく。まるで地下牢《ちかろう》に投獄された囚人たちの嘆きの声か、止《とど》めを刺される前の獣が放つ咆吼のように。

音と同時に、クライスの視界に奇妙なものが映りはじめた。オリエンスの悪魔祓い《エクソシズム》儀式中に見た、二重写しのあれに雰囲気が似ているが、もっと猥雑で粗野で荒々しい。よく見ると、それはクライスたちがいる地下の巨大な空間を埋め尽くしている。

なぜそれに今まで気がつかなかったのか不思議なくらい生々しい。下水に淀むヘドロか汚物に涌く無数の黒い虫のようなものが、苦悶の表情を浮かべてオルゴン源を浄化しているエリファスに襲いかかる。

クライスはとっさに剣を抜いて汚塊を切り裂いた。右から左へ。下から上へ。左から右へ。汚塊がエリファスに近づこうとするたび、駆け寄って斬《き》り祓ってゆく。そして、ふと気づいた。

今、剣をにぎって動いているのは肉体ではなく霊体《エーテル》だと。

飛空船の中でエリファスに教わった即席の知識によれば、人間というのは単純に分けると肉体、霊体《エーテル》、星気体《アストラル》の三層から成っているという。正確には七層まであるらしいが、とりあえず現時点でクライスが認識できるのは三層までだと。そしてどこの層に意識の軸を置くかで、見えるものや認識できるものが変わってくるらしい。悪魔祓《エクソシズム》い中にクライスが見た二重写しの情景は霊領域《エーテル》で、俗に言う幽《ゆう》霊《れい》や怨霊《おんりょう》、妖精《ようせい》や使い魔などはここに属している。星気領域《アストラル》は神や悪魔と呼ばれるものが存在する、より精妙で高次な階層だという。エリファスはそれを、建物の一階、二階、三階というたとえで説明してくれた。

一階、すなわち肉体に意識の軸が固定されていると二階には移れず、そこに広がる風景も見えない。

クライスが霊領域《エーテル》の風景を見ることができるのはエリファスの側にいるときだけで、それは強大な力に対する同調作用だと教えられた。

今も、クライスはエリファスが放つ力に同調して霊領域《エーテル》を感知できるようになった。そして自分の霊体《エーテル》が肉体から離れて動きまわっている。不思議なことに、だからといって肉体が意識を失って床に崩れ落ちるということもない。身体はエリファスの前で直立したまま物理的な攻撃に備えている。

エリファスは霊体《エーテル》のほうが肉体より拳ひとつ分ほど上にずれているだけで、どちらも椅子に座ったまま微動だにしない。かすかに苦悶の表情を浮かべたまま、下から昇ってくる膨大なオルゴンを吸い込み、浄化して、上の硝子球へ送り出している。時間が経つにつれ周囲にひしめく汚塊の攻撃が激しくなり、エリファスの表情もより苦しそうに変わってゆく。

いったいいつまでこれを続けるつもりだ。

クライスは汚塊が攻撃してくる隙を狙って、円陣の外に待機している教皇の反応を探ったが、禿頭《とくとう》の老人は満足そうに笑みを浮かべるばかりで、エリファスの浄化作業を止める気配はない。

さらに時間が過ぎて、下の硝子球からほとんどのオルゴン源が消えたところで、ようやく立ち昇る流れが消え、同時に汚塊の攻撃も止んだ。

エリファスがわずかに身動いでまぶたが震える。クライスは霊体《エーテル》として自分が勢いよく肉体に吸い寄せられるのを感じた。そして次の瞬間には肉体の目で、椅子から転げ落ちようとしているエリファスを見つけ、あわてて駆け寄り抱きとめた。

「エリファス…！」

呼びかけに応えてエリファスがかすかにまぶたを上げる。青味を増した緑の瞳がクライスを認めて、安堵の表情を浮かべた。力を失った指先がクライスを求めるようにさまよう。その指を迷うことなくつかんで引き寄せると、エリファスはそのまま気を失った。血の気を失った頬と、額に噴き出た汗の冷たさが、浄化作業によって彼が受けた打撃の深さを雄弁に語っていた。

† Ⅵ　蜜月

クライスが〃守護者〃として初めて臨場した浄化儀式のあと、エリファスは三日ほど寝込んだ。

寝込むといっても、どこか苦しいとか痛むといったものではなく、文字通り一日の大半を眠ってすごすという、オリエンスで悪魔祓い《エクソシズム》をしたあとに現れた症状と同じだ。そうと気づくまで、クライスは心配で片時も側を離れられず、目を覚ましたエリファスに「心配しすぎだ」と笑われた。

エリファスは目を覚ますたび、側にクライスがいることを確認すると安心したように再び眠りにおちる。そんなことをくりかえして四日目になると、だるさは残るものの起きていられる時間が長くなり、寝台や露台に置かれた長椅子でごろごろしながら、クライスの質問に答える形でいろいろ話をしてくれた。

「オルゴン源の浄化は一月に一度。レギウスたちが〃守護者〃だったときは十日くらい寝込んでたから、今回三日で動けるようになったのはびっくりだ。やっぱり、クライスとは相性がいいんだな」

そう言って儚《はかな》く笑ったエリファスを、クライスはこれまで以上に護りたいと強く思った。

「サン・ラディウス宮殿で暮らしてる聖職者は下級から上級まで合わせて約五千。見習い修道士が約五千。使用人が約二万で、合計三万人。サン・アンゲルス大聖堂に常居してるのは聖職者が千、神兵が五千、使用人が一万ってところだ」

「修道士になるには最短でも十年かかるんだけど、抜け道もいろいろあって一、二年であっさり認められる場合もある。縁故とか、高位聖職者の推薦とか、神兵を五年務めれば修道士として認められるとか」

「神兵にも二種類あって、家柄も血筋も選び抜かれた特別待遇の選良《エリート》と、選抜試験を受けて合格した庶民出身がいる。神兵になると衣食住が保証されるし俸給もいいから、ヴァレンテでは人気があるんだ。まあ、一番人気があるのは修道士になって、ゆくゆくは司祭を目指すって道だけど。ヴァレンテの司祭ってのは、オリエンスでいえば貴族ってことだからな」

しゃべり疲れたエリファスが眠ってしまうと、クライスは寝台で添い寝をしてやりながら、時には椅子に座って、蔵書室から借りてきた歴史書や教書を紐解いて読み、ヴァレンテでエリファスを護り続けていくために必要な知識を蓄えていった。

「あなたがくれたこの数珠十字架《ロザリオ》、レギウスや枢機卿が見てずいぶん驚いていましたが、何か謂われのあるものなんですか？」

「聖天使《エリファス》が生まれたとき教皇から授けられたものだ。聖天使の威光を示す象徴みたいなもんだから、それを与えるってことは、相手に全幅の信頼を寄せてるとか権威の一部を委譲するとか、まあそういう意味があるんだ。今回はそれを活用させてもらった」

「それは…光栄です」

自分のことを『聖天使《エリファス》』と、どこか他人のように呼ぶのを不思議に思いながら、もうひとつ訊ねる。

「エリファスは生まれたときからここに住んでいるんですか？　姓が同じということは、レギウスと血縁関係があるんですよね」

オリエンスでは嫌がって答えてくれなかった話題も、ぽつりぽつりと教えてくれる。

「オレは…十一歳のとき先代の〝聖天使〟に拾われて、十五歳で〝聖天使〟を継いだ…っていうか継がされたっていうか…。先代がキングスレー家の人間だったから、オレもそう扱われてるってだけで、別にレギウスとは――なにも関係ない…わけじゃねぇけど」

どうも歯切れが悪い。この話題はやはり避けたほうがいいのか。

「それじゃ、あなたの名前に冠されている『聖天使』とか『守護天使』というのは？　何か由来があるんですか」

エリファスはごろりと寝返りを打って身を起こし、クライスの胸元にぺたりと頭を乗せて「ああ」と答えた。そうして欠伸をしながら目を閉じて、眠そうな声を出す。

「伝説があるんだよ。昔ひとりの男が逃げた羊を追って丘の上に登った。そこで空を舞ってる天使を見つけて、あまりにも美しいんで見惚れていたら、衣の裾《すそ》が目の前にひらひら降りてきた。男はとっさに手を伸ばして、衣の裾ごと天使の足をつかんだんだ。天使は驚いて逃げようとしたけど、男に片方の翼を折られて飛べなくなった。それで地上に引き降ろされて男の妻になった、っていう」

「へえ…。オリエンスにもよく似た話がありますよ。羽衣伝説というんですが」

水浴びのため地上の泉に降りてきた天女を見つけた男が、樹の枝にかけてあった天女の羽衣を盗んで隠したせいで、天女は天に帰れなくなり仕方なく男の妻になったという話をすると、エリファスは眠そうだった目を開けてクライスを見上げた。

「カナン大陸の古い国にも、だいたい似たような民話が残ってた。たぶんすごく古い時代の民族的な記憶だ。原型っていうか…クリストゥス教が興るよりずっと昔の…」

言いながら欠伸がひとつ。さらに瞬きを何度もくり返す。

「なるほど。眠いですか？　無理せず眠ってくださいい。話の続きは目が覚めたときでいいですから」

「ああ…。エリファスってのは、その天使の子孫が…代々受け継いできた、名前だ」

「それじゃ、個人名というより立場を表す名前なんですね」

「そ…う」

「では、あなたには〝エリファス〟を襲名する前の、本当の名前があるんですね」

「……ぅん…」

その名前を知りたいと思ったけれど、スゥスゥと寝息を立てて眠りはじめたエリファスにそれ以上訊くことはできなかった。

五日目くらいに起き上がってふつうに歩きまわれるようになると、エリファスは礼拝、祈禱、瞑想《めいそう》といった日常の務めをこなし、たまに舞い込む悪魔祓い儀式の依頼を受ける他は、蔵書室にこもって調べ物をしたり、学師を質問責めにしたりして日々を過ごしていた。

エリファスの居室はサン・ラディウス宮殿の奥深く、薔薇のように幾重にも張りめぐらされた城壁と、神兵と呼ばれる数千もの教会直属の兵士たちに護られた場所にある。

誰にも見咎められずに宮殿から出ることはまず不可能。外の空気を吸いたければ階下にある手入れの行き届いた中庭に出ればいいと言われているが、その中庭は周囲をぐるりと高い壁で囲まれており、見上げても四角に区切られた空しか見えない。水も漏らさぬ過剰な警護体制は外敵から護るためというより、見方によってはエリファスを外へ逃さないための防壁のようにも思えた。

サン・アンゲルス大聖堂とサン・ラディウス宮殿はあまりに巨大すぎて、建物全体の構造を把握している人間を見つけるのは不可能に近い。聖職者は守門《しゅもん》、読師《どくし》、侍祭《じさい》、助祭、司祭、司教、枢機卿などの位階身分によって立ち入り可能な区域が厳密に定められており、自分たちに許された場所以外のことはほとんど知らないという者が大半だ。互いの身分は身につける衣服の形や色、装飾品の種類によってひと目で見分けがつくようになっており、場にそぐわない不審者がまぎれ込む余地はない。

身分が高いほど自由に行動できる範囲も広くなるものだが、例外的にエリファスの行動範囲はせまかった。

「レギウスが文句を言うんだよ。そこへ行ってはいけない、あそこには近づいてはいけない、宮殿の外には出るな、誰かと会うときは自分の許可を取れってうるさくてさ。勝手なことをすると、あとがすっげえめんどくさいから、部屋で本読んでることが多くなった。……調べたいこともあるし」

だから種まきひとつで、あんなに嬉しそうな笑顔を浮かべたのか。

「本当は大聖堂の中とか、隅々まで探検したいんだけどな」

「しましょうよ、探検。レギウスは禁じても私は別に禁じません。エリファスが行きたいところへお供します」

「そ…っか。そうだよな」

エリファスは最初こそ不安そうだったが、部屋を出て歩きまわるうちにどんどん元気になってきた。探検の目的地は宮殿内ではなく大聖堂のほうらしい。

「見つけたいものがあるんだ」

そう言って、下級聖職や下働きくらいしか使わない通路や地下室、屋根裏などに行きたがる。鈍色《にびいろ》がかった豊かな金髪と、聖守護天使の印である白の祭服姿では目立ってしかたない。

「わかりました。それなら一度部屋にもどって着替えましょう。できれば黒の祭服に」

変装を勧めると、エリファスは難しい顔をした。

「オリエンスでもしてもらったのと同じです。――駄目なんですか？」

「大聖堂内で身分と異なる衣服を身につけるのは罪になる。オレがそれをやったら外出禁止を喰《く》らっちまう。それくらいならこの姿で目立ってたほうが、まだ言い訳がつく」

「そうなんですか」

クライスはわかりましたと了承した。内心では、これではまるで誰の目にもエリファスの居場所がわかるよう目印をつけられているようなものだと、苦々しく思いながら。

毎日通って調べても一年くらいかかりそうな巨大な大聖堂の探検をはじめて四日目。

初日のオルゴン源浄化作業から、十日ほど経った日の早朝。独特の響きで扉が叩かれた。

クライスはすでに目を覚まして、まだ眠っているエリファスに腕枕をしてやりながら史書を読んでいた。扉を叩く音が聞こえたとたん、エリファスがパチリと目を開ける。少し嫌な予感がした。

「私が出ます」

浮かない顔で起き上がろうとしたエリファスを制して寝台を下り、素早く身なりを整えて寝室を出る。居間を横切って扉を開けると、控えの間に待ちかまえていた教皇の使いから慇懃な礼を受けた。

「教皇聖下よりエリファス様に、聖務の招請に参りました」

聖務――、オルゴン源の浄化作業だ。

「それは、一月に一度だと聞いておりますが。前回の聖務からまだ十日しか経っていません。何かの間違いではありませんか？」

浄化を終えた直後の苦しげなエリファスの表情を思い出して、思わず確認すると、使者の表情がみるみる強張ってゆく。

「畏れ多くも聖下の招請に疑問を向けるとは、不敬極まりない。いかな〝守護者〟といえど許されることではありません。聖下にご報告して罷免していただくことになり…」

「その必要はない。オレはすぐに行くと聖下に伝えろ。クライスを罷免しろとか密告《チクリ》しやがったら、オレがおまえを馘《クビ》にしてやるからな」

クライスの背後から姿を現し、拳をにぎりしめて低い声を出したエリファスに、使者は「ひっ」と小さく息を呑んで口を閉じ、了承を示すため素早く一礼してから部屋を出て行った。

ふたりきりになると、エリファスが深い溜息を吐く。

「大丈夫ですか？」

「ああ…。今回は仕方ない。オリエンス行きで留守にしてた分が溜まってるんだろう」

エリファスは気が進まない様子で、それでも逃げることなく例の地下大鍾乳洞へと向かった。

浄化作業自体は前回とまったく同じ手順ではじまり、そして終わった。最初のときと同じように、エリファスは苦悶の表情を浮かべたまま気を失い、待ちかまえていたクライスの腕の中にぐったりと倒れ込んだ。そして三、四日寝込んだあとは起き上がって日常の務めを行い、蔵書室で調べ物をしたりクライスと一緒に大聖堂を探検して過ごした。

それから十日後、再び教皇の使者がやってきて『聖務』を要求されたとき、エリファスは初めて動揺を示した。さすがにこの頻度で浄化作業を強制されることに戸惑っているようだった。

決して口には出さないが、エリファスはオルゴン源の浄化作業を嫌っている。それはクライスだからこそ見分けられる本音だった。

以前は一月に一度だったという『聖務』は十日に一度、一月に三度の頻度に跳ね上がった。

『聖務』を嫌いながらも、エリファスが以前の三倍になった浄化作業に唯々諾々と従っていたのは、それがクライスを側衛として身近に置くための交換条件だったからだ。

教皇はオリエンスからもどった日の浄化作業で、すぐにクライスが〝守護者〟を務めたほうがエリファスの疲弊が少なく、浄化量も増えるという事実に気づいた。だからこそ、これまでずっと筆頭〝守護者〟として権力をにぎってきたレギウスを排し、クライスを側衛にすることを了承したのだ。

「そなたの働きはまことに素晴らしい。キングスレー卿は、筆頭守護者の面子にかけて側衛を譲るつもりはないと抗議してきたが、予はそなたのほうが聖天使《エリファス》の守護者にふさわしいと思う」

浄化で疲弊してぐったりと気を失っているエリファスを腕に抱いたクライスは、教皇の言葉に表面上は畏まって頭《こうべ》を垂れた。

「は。光栄であります」

「エリファスの要望通り、聖天使《エリファス》の側衛という特権も認めよう」

側衛とは一日中側から離れることなく、常に行動をともにして護衛を務めることだ。

「感謝いたします」

「そなたがキングスレー卿よりうまくエリファスを制御し、滞りなく聖務を続けさせることができれば、多少羽目をはずしたり、身分にそぐわぬ場所をうろついても、目を瞑ってやるつもりだ」

クライスはさらに深く頭を垂れて表情を隠した。

『大聖堂の守護天使エリファスの側衛』という立場は、大聖堂内の政治勢力にも影響があるらしい。クライスがそれに気づいたのは、特権的地位を奪われた形のレギウスが、他の枢機卿に嫌味を含んだ当てこすりを言われる場面に行き当たったときだ。

エリファスが眠っている隙に花果樹園から花と香草を摘んでこようと、急いで廊下を歩いていると、複雑に入り組んだ通路の向こうから声が聞こえてきた。

「歴代聖天使エリファスの筆頭〝守護者〟を独占してきたキングスレー家にも、いよいよ落日の気配ですかな？」

クライスは素早く壁際に建っている飾り柱の影に身をかくし、息をひそめた。

「新しい〝守護者〟はずいぶん優秀で、聖天使自ら側衛に抜擢したそうではないか」

「おお、ではキングスレー卿はお払い箱ということかね」

揶揄《やゆ》する声は複数いるようだが、聞きおぼえがあるのはひとり。クライスがヴァレンテに降り立った日、大聖堂の前で行く手を阻もうとした痩身の枢機卿だ。応じるレギウスの声は冷ややかで尊大。

「くだらぬ戯言《ざれごと》だな。そのように浅慮で大局が見通せぬから、貴卿らはいつまでたっても門番止まりで、省の長官はおろか局長にすらなれぬのだ」

「なにを無礼な…ッ」

「無礼はどちらだ。道を空けろ」

複数の男たちが身動ぐ衣擦《きぬず》れと息使いに続いて、「よせ」とか「騒ぎを起こすな」とたしなめる声が上がる。どうやら大きな争いにはならずにすんだようだ。靴音を高く響かせてレギウスと側近ふたりが去ってゆくと、残された男たちがぶつぶつと不平をこぼすのが聞こえた。

「どうせ強がりだ」

「聖天使《エリファス》の寵を失えばいくらキングスレー卿といえど、これまでのような発言力は維持できまい」

「しかし、それにしては余裕があるように見えたが…？」

「虚勢に過ぎぬさ」

高位の聖職者といえど、権力争いの構図は世俗と変わらないらしい。枢機卿たちがレギウスをこきおろしながら廊下の向こうへ去ってしまうと、クライスも静かにその場を離れた。

日々は淡々と過ぎてゆく。

十日に一度の聖務。数日寝込んだあとは日常の務め。時折訪れる悪魔祓いの依頼をこなし、あとは調べ物と大聖堂での探し物で、あっという間に四カ月が経った。

エリファスは博識なようでいて、意外と知識が偏っていた。

考えてみれば当然かもしれない。エリファスの力を利用しやすいように、教皇や教団にとって都合の悪いことは隠されてきたのだろう。

聖書や祈禱文はすべて諳《そら》んじ、儀式典礼に詳しく、神学や悪魔学には精通していても、教会内の勢力争いや政治的分布図などには疎《うと》い。じゃがいもが地中にできることや豆が莢《さや》の中で育つことも、クライスと種蒔きをしたことで植生に興味を持ち、書物で調べるまで知らなかった。

乗馬をしたこともなく、川や泉で泳いだこともなく、同じ年頃の友人と野山をかけまわったことも、繁華街で飲み歩いたこともないという。

「そういうことは、全部レギウスに禁止されてたから」

四角い空しか見れないのではつまらないだろうと、毛布と、飲み物と軽食をつめた籐籠《バスケット》を抱えて上がった屋根の上で、満天に広がる星空を見上げながらエリファスが他人事のようにつぶやいた。

サン・ラディウス宮殿は三階建てだが、天井が高く造られているのでふつうの建物の五階分はある。そして宮殿自体が丘の上に建っているため、屋根の上に出れば眺めはかなりよくなる。となりのサン・アンゲルス大聖堂の敷地内に林立する何十もの尖塔さえ気にしなければ、壁に囲まれた中庭とは比べものにならない解放感に浸れるのだ。

屋根の上には修理人用の梯子《はしご》を使って出た。クライスは梯子の存在としまってある場所を下働きから聞き出し、天体観測をしましょうとエリファスを誘ってやってきた。

季節は晩夏で、夜空を眺めるにはもってこいの気候だ。

「――彼《レギウス》に、逆らったりできなかったんですか？」

訊いた直後に愚問だと反省した。エリファスの性格で、できるのにしなかったわけがない。

思った通り、エリファスは辛そうに唇を噛んでうつむいてしまった。

「すみません」

「いいよ…別に。オレだって情けなく思ってるんだ」

エリファスはさらに何か言い重ねようと唇を開いたり閉じたりしたが、結局口をつぐんでしまう。

クライスは水筒に入れてきた葡萄酒を、杯《コップ》に注いでエリファスに勧めながら、

「彼がそんなに力を持っているのに、オリエンスでよく私を〝守護者〟に任命できましたね」

別に責めているわけでも嫌味でもなく、純粋に疑問に思っていたことを口にした。

とたんにエリファスが弾かれたように顔を上げる。

「おまえのことは……！　どうしても——……絶対に、引き離されたくなかったんだ」

まるで愛の告白のように聞こえた言葉に、自分でもどうかと思うほど動揺する。

「エリファス…」

嬉しくて。こらえようとしても顔がほころぶ。しまりのない笑みを浮かべた顔は、幸いなことに、すぐにまたうつむいてしまったエリファスの目には映らずにすんだ。

エリファスは受けとった葡萄酒入りの杯を見つめたまま、ぽつぽつと言い重ねた。

「それに、クライス自身に特別な力があったから、できたことだ」

「〝守護者〟の力？」

「そう」

「それは、霊領域《エーテル》に存在するモノの攻撃を防ぐ力、で合ってますか？」

「ものすごく大雑把に言えば、だいたい合ってる。だけど本当に大事なとこはそこじゃなくて」

エリファスは葡萄酒を一口含んで飲み込んでから、秘密を打ち明けるようにささやいた。

「おまえが側にいてくれると、オレはよく眠れる」

「ええ」

それはなんとなく知っていた。

「眠れるってことは、安心できるってことなんだ。最初はなんでなのかオレにもよく分からなかった。だけどおまえと一緒に過ごすうちに、だんだん理由が見えてきた。要するにレギウスからの干渉が緩和されるってことなんだ」

畳んだ毛布の上にならんで腰を下ろし、ぴたりと身を寄せ合っていたエリファスの肩を、クライスは思わず抱き寄せた。しっかりとその温もりを手のひらに感じながら、首を傾げる。

「……干渉、ですか。それは肉体領域的に？　それとも霊領域《エーテル》で？」

「優先度は霊領域《エーテル》。そこを防いでくれるから、肉体的な干渉も受けずにすんでる」

肉体的な干渉という言葉が、靴の中に入り込んだ棘《とげ》のように不快感と不安を呼び起こす。

「——すみません、肉体的とは、どういう意味ですか？」

少しきつい口調になってしまったのは、エリファスにではなくレギウスに対して思うところがあるせいだ。エリファスの答えは質問の趣旨からは少しずれていた。

「レギウスは、オレのこの…エリファスの身体に執着してるんだ」

「天使の器…」

考える前に、なぜかそんな言葉が口をついて出る。エリファスが驚いたように目を瞠ったけれど、自分でも驚いた。

「そうだ。やっぱりクライスには分かるんだな。この身体は〝天使の器〟なんだ——だった…って言うほうが正しいかな。あの伝説を覚えてるか？　男に捕まった天使の話。男は星気領域《アストラル》にいた天使を地上に引きずり下ろして、逃げられないように人の肉体に閉じ込めた。自分たちの役に立ってもらうために。天使は自分が生んだ子どもの子孫が生まれるたび、年老いた身体から新しい嬰児《えいじ》の身体に入れ替えられ、長い間ずっと地上に繋ぎ止められてきた。ものすごく長い間、ずっと……――」

「あなたが、その〝天使〟なんですね」

本物の。人間の欲望のために、地上に繋ぎ止められた聖なる存在。

そんな人相手に、自分は触りたいとか唇接けしたいとか、できれば肌を重ねたいとか、思いっきり俗っぽい想《おも》いを抱いている。申し訳なさと居たたまれなさを同時に感じたが、だからといって今さらこの恋情を忘れることなどできない。

「……ちがう」

そう開き直りかけたとき、後押しするようにエリファスがつぶやいた。

「え？」

「オレは〝天使〟なんかじゃない」

†

季節が秋に入ると、クライスはエリファスに乗馬を教えた。

ヴァレンテでの移動手段はオルゴン動力を利用した自走車がほとんどで、馬車を使うのは下層民の証と言われ軽んじられている。サン・アンゲルス大聖堂の高位聖職者ともなれば、ひとり一台は自走車を所有しているのがふつうだが、エリファスは持っていない。オルゴン動力を嫌っているからだ。

だからといってレギウスが乗馬を教えてくれることもなく、自然と行動範囲が狭まっていたという。

「乗馬を教えてくれたって、どうせ外出はほとんど許されなかったと思う」

クライスの指導を受け、一日で並足ならそこそこの距離を騎乗できるようになったエリファスは、晴れた秋空の下で少し皮肉そうに笑みを浮かべた。

馬車は下賤《げせん》の乗り物だと言われていても、騎乗用の馬はいわゆる高貴なる者の嗜《たしな》みとして飼育されていた。使用する者はほとんどいなかったが。クライスは持ち前の人のよさで使用人と仲よくなり、乗馬の存在を教えてもらって厩舎《きゅうしゃ》を訪ね、エリファスが馬と触れ合えるよう準備を整えた。

予想した通りエリファスは馬と相性がよく、馬のほうもエリファスを快く受け入れた。

「馬って自分の霊体《エーテル》と他の生き物の霊体《エーテル》の区別が曖昧なんだ。だからこうやって背に乗って気持ちを同化させてしまえば、オレの意思を自分の意思だと思って動いてくれる」

エリファスの説明は、クライスや厩舎長の経験を裏づけるものだった。

昼間、馬に乗ってほどよく身体を動かしたおかげか、夜になるとエリファスはぐっすり寝入って、クライスが少々寝返りを打っても、鼻をつまんでも、髪をかき上げて額に唇接けても、目を覚ます気配はなかった。むしろ、クライスにしがみつく腕に力をこめ、胸に頬をこすりつけて満足そうに深く息を吐き、規則正しい寝息をくり返す。

「あどけない顔をして、まあ…」

前に星を見に上がった屋根の上で『オレは天使なんかじゃない』と嘯《うそぶ》いていたけれど、寝顔はまさしく天使だ。かすかにゆるんだ唇の間から、真珠のように白い歯と甘い吐息がこぼれている。

そういえば、好きだと告白した答えをまだ聞いてない。

嫌われている可能性はまずないし、好かれている自信もある。側にいるのが当然のようになって、切迫感が薄れていたせいか確認し損なっていた。

いや、無理に意識から遠ざけていたせいもある。

好きという気持ちに応えて欲しいと念じれば、自然な欲求として身体が熱くなる。毎晩、恋人同士のように四肢を絡ませ合って——基本的にエリファスのほうから絡みついてくるのだが——眠る今の状況では、うかつに夢想もできない。などと冷静に己の状況を判断していたつもりが、気がつくと下半身に熱がこもって重苦しくなっている。ちょうど膝の間にもぐりこんできたエリファスの左脚が、煽《あお》るように腿を割って股間《こかん》にこすりつけてきたせいだ。わざとかと思うほど扇情的な動きにひくりと喉が鳴って、反射的に腰を引く。

「ちょ…エリ…、そこはまずい」

起こしてしまわないよう気をつけながら、そっと身体を引き剝がして距離を保とうとしたのに、エリファスは川で溺れている夢でも見てるのかと思うほど、力を込めてしがみついてくる。

固く勃《た》ち上がってしまった身体の中心にエリファスの中心がぴたりと重なり、決して意図的ではない動きで二、三度揺すられて、理性が弾け飛びそうになった。

「……むりだ」

危険を察した母猫が乳房に吸いつく仔猫をふり落として巣を出るように、クライスは抱きついているエリファスを引き剝がして身を起こした。そのまま素早く寝台を出ようとしたのに、背後から右脚にしがみつかれて動きが止まる。

「どこ…行くんだ？」

エリファスは半分寝惚けているのか、何かの夢の続きだとでも思っているのか、両手で抱きしめたクライスの右脚にのっしりと上半身を乗せて動きを封じてくる。

「え…——あ、厠《トイレ》です」

「嘘《うそ》だ」

「嘘じゃありません」

本当に一度出さないと、辛くてこれ以上添い寝はできない。

昂《たか》ぶった前を隠すため背中を向けたまま「脚を離してください」と頼むと、

「クライス、こっちを向け」

妙に威圧感のある声で命じられてしまった。眠気は完全に飛び去ったらしい。

「すみません、許してください」

今ふり向いたら身体の状況がばれてしまう。エリファスに抱いている欲望も。

さすがにそれはまずい。そう思って脚の束縛をふりきるために力を込めた瞬間、エリファスが信じられない言葉を発した。

「オレを抱きたいなら抱けばいい」

「――――……え？」

思わずふり返ると、エリファスはクライスの下腹部にぴたりと視線を向けてくり返した。

「オレを抱きたいんだろう？　いいよ、別に」

あっけらかんと言われて、殴られたような衝撃を受ける。

「いえ、あの…それは嬉しいんですが、……言ってる意味、自分で分かってるんですか？」

「分かってる。そこがそういう状態になったら、出すまで辛いんだろ」

「……」

「それで、おまえがそういう状況になったのはオレと一緒に寝てるせいだ」

「…そうです」

「それならオレを使って出したらいい」

「使って…って、そんな言い方は」

「クライスはオレのために、何もかも捨ててきてくれた。オレはそれに何も返してやれてないから」

「エリファス」

「オレはクライスにたくさん与えてもらった。なのにクライスは見返りを求めてこないから不思議だったんだ。ふつう与えられたら返さないといけないだろ？　そうしないと人は与えることが嫌になって去ってく。オレはクライスに去られたくない。だから」

「抱かれてもいいと？」

「ああ」

なんだろう、この違和感は。

好きだと告白した相手から、側にいてもらう見返りとして身体を差し出される。

まるで取り引きのように。そこには恋とか情とか労《いたわ》りといった甘やかな色彩はない。

「私が好きだから抱かれたい、ではなく、側にいる見返りとして与えてくれるんですか？　その『天使の器』を差し出して、取り引きのように」

意地の悪い言い方だと自覚はあったが、妙に腹が立って止められなかった。そしてすぐに後悔した。

「だって、性交《セックス》ってそういうもんだろ？」

身体を重ねることに、それ以上の意味はないと言いきったエリファスに愕然《がくぜん》とする。

これまでそんな関係しか持ったことがないのかと。――いや、どんな関係であろうと、肉体関係を結んだ相手がいたのかと、そちらの方が衝撃だ。

天使のように清らかだと思い込んでいた唇から、なんのてらいもなく『性交《セックス》』という言葉が出てきたことに眩暈《めまい》にも似た激しい感情が湧き起こる。

嫉妬、焦燥、悔しさ。

いったい誰がエリファスに、こんな言葉を言わせたんだ。可能性が高いのはあの男だが、教皇や枢機卿たちという可能性もある。疑い出せばきりがない。

そして、二十三歳にもなって「性交《セックス》は取り引きだ」と疑いもなく信じているエリファスが、とてつもなく可哀想になり、その分よけいに愛しさが増して、気づいたときにはやさしく抱きしめていた。

「ちがいます」

エリファスは不思議そうに瞳を揺らしてクライスを見上げる。

「じゃあ他にどういう意味があるんだ？」

「教えて欲しいですか？」

エリファスは少し考えてから「うん」とうなずく。

クライスはエリファスを抱き寄せ、静かに瞳をのぞき込んだ。

「これまで、性交を自分からしたいと思ったことは？」

「ない」

「楽しいと思ったことは？」

「…ない」

「相手は誰か聞いても？」

「――」

「……もしかして複数ですか？」

教団内で男娼《だんしょう》のような真似をさせられていたのかと、嫌な予感がして確認してみると、これには「ちがう」と首を横にふってくれたので少し安心した。

「気持ちいいと感じたことも、ない？」

「それは、ある。でも、終わったあとで死にたくなるから、気持ちよくなんてならないほうがいい」

少し眉をひそめて淡々と語ったエリファスを、もう一度強く抱きしめて言い聞かせた。

「好き合った相手となら、そんなふうにはなりません」

「そうなのか？」

「エリファスは私のことが好きですか？」

「ああ、うん」

「それなら大丈夫。抱かれてすごく気持ちよくなって、終わったあともずっと幸せな気持ちのまま眠りにつけます」

これまでの経験で刷り込まれた不快な反応を拭い去り、良い暗示をかけるために、あえて断言してみせると、エリファスは眉間の皺をゆるめてコクリと小さくうなずいた。

「おまえがそう言うなら、信じる」


クライスは決して経験豊かというわけではないが、その分たっぷりと愛情を込めてエリファスを抱いた。果実を弱火でコトコト煮溶かして甘いジャムにするように、時間をかけて全身を愛撫《あいぶ》してゆく。

寝台の上で向かい合って座り、髪を梳き上げて露わになった額に唇接ける。それからこめかみ、まぶた、頬、鼻の先へ。唇はわざとさけて、顎を軽く噛んでやると、何か言いたげにゆるく開いた下唇にすかさず食いついて、飴を舐《な》めるように舌で甘く捏《こ》ねてやった。水面に顔を出して息をするように、無防備に開いた唇に自分の唇をぴたりと重ね、するりと舌を挿し込むと、エリファスは驚いたように身をすくめ、それからおずおずと自分も舌を伸ばして絡ませてきた。

「…うん…ん」

肩にすがりついていたエリファスの指に力が入る。皮膚に食い込むその感触を味わいながら、クラ
イスはエリファスの甘い口の中を堪能した。角度を変えて何度も直接粘膜を触れ合わせるたびに、背筋を駆け上がる快感のしびれに、頭の中が酔ったようにゆるんで枷《かせ》が外れてゆくのを感じる。
唇を重ねて、どちらのものかも分からないほど混じり合った唾液《だえき》を嚥下《えんか》しながら、寝衣をゆっくり脱がして、肩から二の腕、そして背中を両手で撫で下ろすと、耐えかねたようにエリファスが仰向いて喘《あえ》ぎ声を上げた。

「も……変…、なんで、ぁ、あ…ぅ」

首筋から鎖骨、胸へとすべるように唇と舌でたどりながら、反った背中を両手で抱えてそっと寝台に横たえる。そして今度は前に手をまわして、小さな乳首を指でつまんだ。

「……ぁッ」

親指と人差し指と中指の三本で、つまんで捏ねて揉み込むように刺激してやると、小さな突起がぷくりと存在を主張しはじめる。右手を外して代わりに唇で突起を覆い、固く尖《とが》らせた舌先で何度も突いたり甘嚙みしながら、左手ではもう片方の乳首を愛撫し続ける。空いた右手は脇腹をなぞって下腹部へ伸ばし、髪の色より少しだけ濃い色の茂みをかきわけた。

エリファスの下生えはあまり量がなく、色も肌色に近いせいで、薄闇の中で見ると無毛の少年のような幼さがある。そんな相手に欲望をぶつけようとしている自分が悪人に思えて、背徳感がいや増し

たが、茂みの中から半分勃ち上がりかけているエリファス自身を見て、杞憂だと気づく。

「感じてますか？」

「わ…かん…ね…」

クライスは一度離した唇を再び胸にもどして吸いつきながら、まだ少しやわらかいエリファスの若茎をつかんだ。そのまま重さを量るように軽くにぎりしめて、親指の腹で先端をゆるりと撫でまわす。

とたんにエリファスが身を仰《の》け反《ぞ》らせ、乳首を含まれたままの胸をさらに押しつける形になった。

口中で味わう胸の震え。右手の中で硬さを増してゆく性器の脈動。左手にしっとりと吸いついてくる汗ばんだ肌の熱さ。そのすべてが、エリファスが感じている快感を示している。

「待っ…て、オレ、変…」

「なにが」

「だ…って、こんな――唇接《キス》けして、触られただけで…こんなの、おかしい」

「どこもおかしくなんてないですよ」

自分が触れるたびにビクビクと身体を震わせ、頬を薔薇色に染めて涙ぐまれることが、クライスにどれだけ深い悦《よろこ》びをもたらしているか。エリファスは理解してるのだろうか。

「あなたが気持ちよくなってくれると、俺も気持ちよくなるんです。だから我慢しないで、素直に味わってください」

「でも…」

「大丈夫。終わったあとも、きっと幸せにしますから」

宣言しながら手の中の若茎をやさしく扱《しご》き、じわりと洩れてきた先走りのぬめりを借りて、さらに何度も鈴口をこすり、くびれをなぞってやると、エリファスは背を反らし、一瞬身体を硬直させたかと思うと呆気《あっけ》なく吐精した。

「――んぅ……ッ」

目を閉じて眉根を寄せ、唇を引き結んで小さく声を洩らした顔を見たとたん、クライスの中心も痛いほど昂ぶって危うく一緒に射精してしまうところだった。けれどなんとか耐えてやりすごす。

吐精直後の硬直がほどけて息が少し整うのを待ってから、手のひらで受け止めた白濁を後孔に塗りつけると、エリファスは特に驚くこともなく、クライスの意図を理解して自ら少し脚を広げた。白濁のぬめりを借りて挿し込んだ指は、抵抗を受けることなくすんなりと受け入れられ、むしろ奥へ引き込むような蠕動《ぜんどう》を感じる。

――分かってはいたけど、やっぱり初めてじゃないんだな…。

愛撫への反応は初々しいものがあったから、もしかしたら性交という言葉を何か別の意味にはきちがえているのかと、淡い期待を抱いてしまったけれど、ちがっていた。

別にエリファスが他の誰かに抱かれたことがあったとしても、それで彼が汚れているとか、節操がないなどとは思わない。ただ、自分以外の男がすでにこの身体を知っているということが悔しくてたまらないだけだ。

――俺がエリファスの初めてじゃないなら、せめてこの先は、二度と誰にも触らせない。

他の男につけられた跡も癖も消して、自分だけのものにする。

「エリファス、あなたを愛しています。あなただけを、ずっと、誰よりも」

肌に染み込むよう何度もくり返しながら、エリファスの腿を持ちあげて大きく開き、あまりほぐさなくても充分なやわらかさを持っている窄まりに、己の先端を押しあてた。

「ん…」

エリファスはごく自然に身をよじって自分が受け入れやすい体勢をとり、クライスが腰を進めると同時に力を抜いた。そうすることが苦痛を減らす最良の方法だと、身に沁みて覚えてきたように。

「辛くありませんか?」

昔つき合った彼女には、大きすぎて辛いと泣かれたことがある。それを根元までみっちり銜え込まれたエリファスは浅い息をくり返し、両手を所在なくさまよわせ敷き布をつかんだり離したりしている。眠るときは抱き枕よろしくしがみついて離れないのに、どうしてこんなときに手を離したままなのか。

これまでエリファスを抱いてきた男が、そういう行為を許さなかったのか。それとも、エリファス

自身がすがりつくことを拒絶してきたのか。

「エリファス、目を開けて。俺を見てください」

「……クライス」

「そうです。あなたを抱いているのは俺です。だから安心して、腕を伸ばして抱きついてください」

いつもそうしてるじゃないですかと言うと、それまで苦しげな表情を浮かべていたエリファスは、ふっと笑みを浮かべてふわりと腕を差し出した。

クライスは腿を抱えていた手を離し、エリファスの背中を抱き寄せて座位の形をとった。

「…ぅ、痛…っ」

姿勢を変えるとき、エリファスが何度かうめいたけれど、互いに向き合って胸をぴたりと寄せ、両手を背中にまわしてしがみつけるようになると、安心したのかクスクスと甘い笑い声を上げた。

「おまえ、なんにも薬とか使ってないよな？」

「使ってません」

「なのになんでこんな、楽しい気分なんだろ」

「それは俺があなたを愛していて、あなたも俺を好きだからだと思います」

真面目に答えながら、心の中ではエリファスに薬を使った奴を罵倒していた。

「そっか」

　エリファスは微笑んで自分から顔を仰向け、少し背を伸ばして唇接けをねだった。その動きでずるりと三分の一ほど剛直が抜け、予期せぬ刺激でエリファスもクライスも同時に息を呑んだ。

　身を屈めてエリファスの唇をふさぎ、同時に浮いた腰をゆっくり下げてゆくと、夜気に触れていたクライスの欲望が再び温かいエリファスにみっちりと包まれる。そのまま激しく突き上げたい衝動をなんとかこらえて唇接けを続ける。舌で舌を絡め捕り、歯を舐め、頬の内側も乳脂《クリーム》を舐め取るようになぞってゆくと、エリファスもクライスの首に腕を巻きつけ、情熱的に応えてくれた。

　唇が離れると、エリファスは忙《せわ》しない息をしながらクライスの首筋に顔を埋め、小さく噛んでは舐めるという拙《つたな》い愛撫をはじめた。

　花びらのような舌が自分の肌を舐め、吸いつき、かすかな愛咬《あいこう》の跡を残してゆく。そのたび、そこからしびれるほどの快感が迫り上がる。

　クライスは耐えきれなくなってエリファスの腰を両手でつかむと、「動いていいですか」と許可を求めた。

「いい…よ」

　あっさりとした許しが出たとたん、両手でつかんだエリファスの腰をゆっくりと押し上げ、同じようにゆっくりと引き下ろしながら同時に自分の腰を突き上げた。

「――――…ッ」

悲鳴のようなエリファスの喘ぎが耳朶《じだ》を打つ。クライスも思わず叫びたくなるほどの悦びを感じていた。目の奥から後頭部へ光の束が突き抜けるような、頭の中で星々がぶつかり合って幾千万の光を飛び散らせるような。素晴らしい感覚に息を呑み、続けて腰を引き上げ引き下ろし、己の欲望で突き上げる。

「ん…っ、ん……ぅ、う、ん…ッ――、ぅ…あ…う…んぅ…ッ」

抜き挿しを何度もくり返すたび、エリファスの唇から蜜のような吐息と喘ぎがこぼれ落ちる。それを舐め取るように唇を重ね、舌を絡めてさらに抽挿を激しくしてゆく。

頭の隅には、こんなに激しくしたらエリファスが壊れてしまう、もっとゆっくりやさしくしてやれと叱る自分もいるのだが、身体の中心で渦巻く熱が調教してない野生馬のように荒々しく暴走して、愛する人を求めることを止められない。

忙しない息をくり返しながら、目の前で揺さぶられているエリファスの顔を見る。

下腹部から生まれる強い刺激にエリファスが頭を仰け反らせると、くすんだ金色の髪が翼のように広がって舞い落ちる。うつむいてクライスの首筋に顔を埋めると、金色の波が渦巻きながら肩を流れ落ちてゆく。求愛する鳥の舞のように胸を反らしたり背を丸めたりするたびに、クライスの視界には金粉が舞うような光が飛び散り、甘い芳香まで漂ってくる。

エリファスの汗の匂いだ。

「ぁ…あ…ぁあ…っ！　んっく……ぁう…ぅん、んッ…、んっ、んぅ…——」

追い上げるうちに座位では我慢できなくなり、再びエリファスを寝台に押し倒して貪《むさぼ》るように抱き尽くした。激しく揺さぶられても、エリファスは最後までクライスの首に巻きつけた腕をゆるめず、身体を開いて猛《たけ》り昂ぶった男の情熱すべてを受け止めてくれた。

「中に…出して、いい…ですか？」

最後になって今さらのように訊ねたのは、たぶん答えを聞きたかったからだと思う。

「い…いよ、オレのなか…出し…て」

健気《けなげ》な言葉を耳が捕らえたとたん頭の中が一瞬で真っ白になり、寸前まで自分の一部だった精液が、勢いよくエリファスの中に迸《ほとばし》り、濁流のように浸潤してゆく。最後の一滴まで余すことなく注ぎ込みたくて、何度か腰を蠢《うごめ》かせると、その刺激でエリファスも吐精した。熱くて粘つく体液を腹で受け止めながら、クライスはエリファスを抱きしめて、かすれた声で謝った。

「すみません…」

エリファスは荒い息を何度もくり返し、ようやく少し落ちついてから、汗と涙で濡れた睫毛をふるわせながらゆっくりと目を開けた。

「……なに、が」

声はクライス以上にかすれてかさついている。喉が渇いているだろう。水を飲ませてあげなければ。

目の端で脇机に置かれた水差しと杯《グラス》をちらりと確認しながら、クライスは身を起こした。

「あなたの身体があまりにも気持ちよくて幸せで。自分の欲望ばかり追って、あなたのことを置き去りにしてしまった」

最中にほとんど愛撫を受けず放《ほう》っておかれ、最後に中に出された刺激で往《い》ったエリファスの若茎にそっと触れながら詫びると、エリファスはびっくりしたように目を見開いて、まじまじとクライスを見つめた。

「そんなこと、気にしなくて…」

「よくありません。ちょっと待ってください。水を」

すばやく腕を伸ばして水差しを持ちあげ、注ぎ口から直接水を口に含むと、エリファスを抱き寄せて唇を覆い、渇いた口の中に流し込んでやる。一口目が終わると二口目は自分で飲み、三口目は再びエリファスへ。そんなことをくり返して互いの渇きが癒されると、クライスはエリファスを横たわらせ、股間に顔を埋めて金色の下草にしんなりと横たわるエリファス自身を口に含んだ。

「ク…ッ、クライス!?　なにするっ」

驚いたエリファスが身を起こそうとする。それをやすやすと押さえて口舌愛撫を続けた。

最初はクライスの肩や背中を叩いて止めさせようとしていたエリファスだったが、次第に力を抜いてクライスのなすがままに身を委ねるようになってくれた。

唇と舌を使い、自分でもよくぞこれほどと思う巧みさでエリファス自身を愛しながら、先程自分の体液で濡らした窄まりに指を挿れると、そこは熱くほころんで迎え入れてくれる。人差し指と中指を使って男が中から感じる場所を探り、そっと刺激してやると、エリファスは鳥のような悲鳴を上げてあえなく果てた。自分の愛撫で愛する人が満足した。そのことに震えるほどの悦びを感じながら、クライスは舌で受け止めたエリファスの精液をためらうことなく飲み下した。

「な…馬鹿！　なんでそんなの飲むんだ…ッ、馬鹿！」

「エリファスのものだと思うと美味しいです」

「——そんなこと言うな、馬鹿…」

エリファスはなぜかにぎりしめた両手で目を覆い、泣き出すように肩を震わせた。

「すみません、嫌ならもうしません。……エリファス、泣いてるんですか？」

両手を外して顔をのぞき込むと、目尻が紅く染まった濡れた瞳で睨みつけられた。

「泣いてるんじゃない、呆れてるんだ」

「よかった。それじゃ、もう一度抱いていいですか？」

「…おまえそれ、文法間違ってねぇか」

「細かいことは気にしないでください。——で、いいですか？」

「…いいよ」

恥ずかしそうに頬を染めてうつむいたエリファスを抱き寄せ、クライスはもう一度、熱くてやわらかく蜜のように甘い彼の中に、己自身をゆっくりと沈めていった。


翌朝。

目を開けると、緞帳のすき間から差し込む曙光を浴びてあわく輝く白い肩と、豊かに波打って翼のように背中を飾る金色の髪が見えた。

部屋の中は暖かく保たれているが、さすがに肌が剥き出しでは冷えるだろう。クライスは身を起こし、めくれた上掛けをそっと掛け直してやった。それから己の身体にこびりついた汚れに気づいて、小さく溜息を吐く。

昨夜はエリファスも自分も、ほとんど気を失うように眠りについた。それぞれ体位を変えながら三回抱いて、四回目を挑もうとしたら「いい加減にしろ」と怒られた。

怒られはしたけれど拒絶はされなかったので、子どもをあやすようになだめながら身体をつなげた。途中でエリファスが気を失い、さすがにまずいと思ったが止められる状態ではなく、結局最後まで思いを遂げて眠りについた。

——目を覚ましたら「馬鹿」と叱られるだろうか。

自分のどこにこれほどの情熱と欲望があったのか、自分でも驚きながらクライスは起き上がり、昨夜脱ぎ捨てた寝衣を羽織って居間に行き、呼び鈴の紐を引いて従者を呼んだ。紐は同じ階の従者部屋につながっていて、そこで鈴が鳴る仕組みになっているので、音を立ててエリファスを起こしてしまう心配はない。

待つほどもなく現れた従者——身分は見習い修道士で、ゆくゆくは司祭や司教になることが約束されている選良の子息たち——に、湯浴みの準備と清拭道具一式を頼む。湯浴みの準備には三十分ほどかかるが、清拭のための湯を張った盥《たらい》と浴布《タオル》はすぐに届けられた。手伝いたそうな従者に礼を言って退室してもらい、寝室にもどるとエリファスの身体をきれいに拭いてやる。それから自分の身体もざっと汚れを落とし、部屋着に着替えてエリファスの目覚めを待つ。

湯浴みの準備が調ってもエリファスは目を覚まさなかったので、抱き上げて湯殿に運んでいる途中でようやく目を開けた。

「おはようございます」

「ん……はよ…」

まだ半分寝惚けて自分の状態が分かっていないらしい。ぼんやりとあたりを見まわしている。

「湯殿に向かっているところです。どこか辛いところはありませんか？」

質問されてようやく昨夜のことを思い出したのか、眉間がぐぐっと狭まって可愛い皺ができる。

「……怠《だる》い、ものすごく。どこがとか聞くなよ」

「はい」

「今日はもうどこにも出かけない。一日寝て過ごす」

「わかりました」

拗ねた口調に思わず笑いながら殊勝にうなずいてみせると、白い手でぺちりと額を叩かれた。

「おまえ、やさしいのにエロすぎ」

「すみません」

「謝るな、馬鹿」

「はい」

何を言われても甘酸っぱくて、顔がにやけるのを止められない。自分でもそうと分かるほど蕩《とろ》けた笑みを浮かべて見つめていたら、エリファスもさすがに何を言っても無駄だと気づいたのか、唇を少し尖らせ「訳がわからん…」とつぶやいてうつむいてしまった。

「私たちの、こういう関係をなんと言うか知ってますか？」

湯殿に入り服を脱がせて、満々と湯が張られた浴槽にエリファスをゆっくり浸からせながら、内緒話のように耳元でささやくと、エリファスは謎かけをされた子どものようにクライスを見上げた。

「知らない」

「恋人、というんです」

扇のように長く豊かなエリファスの睫毛が、パサリと音がしそうなほど勢いよく瞬《しばたた》く。

初めて外国の言葉を聞いた子どものようだ。だからもう一度くり返してやった。

「恋人です。私たちは恋人同士になったんです」

エリファスは言葉の意味を呑み込むように何度も瞬きをくり返してから、ようやく唇を開いた。

自分の指で自分の胸を指さして。

「クライスが…オレの?」

「そうです。そしてエリファスが私の。誰よりも大切で愛しい、恋人です」

誇らしく宣言しながら、クライスはエリファスの身体をすみずみまで、中に出したものもきれいに掻《か》き出し、さらに指を使って湯を注ぎ、きれいに濯《すす》いでやった。エリファスは恥ずかしそうに身をよじり「止めろ」とか「もういい」などと抗議していたが、最後はクライスに全部任せて開き直っていた。怠いと言ったのは誇張ではなく、本当に手足を動かすのも億劫そうなエリファスを抱き上げて湯殿を出ると、新しい寝衣を身につけて寝室にもどり、寝台にそっと下ろして上掛けをかけてやる。

「おまえも来い」

ポンポンと、となりの枕を叩かれたので、素直に身を横たえてエリファスの肩を抱き寄せた。

すぐに眠りに落ちると思ったエリファスは、なぜか無言のまま首にかけた鎖とペンダントを指先でまさぐっている。何か言い出そうとしているけれど、踏ん切りがつかない。そんな感じだ。

クライスは自分から水を向けてみることにした。

「あなたの、本当の名前を聞いてもいいですか」

「え？」

「ようやく恋人同士になれたことだし。秘密をひとつくらい、明かして欲しいです」

額をくっつけ、唇が触れ合う距離でねだってみせると、エリファスは指先でまさぐっていたペンダントを一度ぎゅっとにぎりしめ、それから手と蓋を開いてあの少年の写真を見せながら、ささやいた。

「この少年の名前はレヴィ。――オレの本当の名前は、レヴィというんだ」

† Ⅵ　灰色鼠《レヴィ》と天使《エリファス》の器

レヴィはヴァレンテの暗部、貧乏人と人生の落伍者《らくご》の吹き溜まりである下層街で生まれた。

母親は娼婦《しょうふ》で、父親は誰かも分からない。

母はレヴィを愛していたわけではないが、乳飲み子《ちの》を抱えていれば教会の施し――食べ物、石炭、毛布、衣類など――を優先的に受けられることを知っていて、我が子を利用していた。

レヴィが死亡率の高い幼少期をなんとか生き延びたのは、計算高い母のおかげといえる。

それをありがたいと思ったことは一度もなかったけれど。

物心ついた頃から十歳の終わりまでレヴィの記憶に残っているのは、常に餓えていたこと。母の罵《ののし》り声と搾取《さくしゅ》。凍える冬の寒さ。そして何かがひどく間違っているという居心地の悪さだった。

レヴィが成長するにつれ母が教会の施しを受けられる優先度は下がったが、それでも男や老人より食べ物を多く分けてもらえるので、相変わらずレヴィを連れて施慈院を訪ね歩いていた。

まだ早く走れない幼い頃は、せっかく神父に手渡してもらった食べ物の包みも、他人の目がなくなったところで母親に取り上げられてしまい、必要最低限の量しか分けてもらえなかった。

七歳くらいになると走るのが速くなったので、施慈院でもらった包みは母に奪われる前に持って逃げるようになった。できればそのまま母親がいる部屋には帰りたくなかったけれど、七歳の子どもが夜になってもひとりで下層街をふらついていたり、路上や廃屋などで寝起きしているのが見つかると、容赦なく孤児院へ収容されてしまうので仕方なくもどった。

孤児院は母親の元で暮らすのと同じか、それよりもっとひどい場所だからだ。一度収容されてしまうと二度と自由な人生は送れない。施設では規則と奉仕活動という名の無賃労働で日々が塗りつぶされる。十五歳までに養い親が現れなければ下水掃除や糞尿処理といった、人々が厭《いと》う、けれど快適な暮らしには欠かせない仕事に従事させられ、四十年近く無給で働かされる。彼らは〝神の奉仕人〟などと呼ばれ讃えられているが、要するに奴隷と同じだ。

教会が運営する孤児院は施慈という美名の下に、身寄りのない子どもたちを何年間も養うが、その見返りとして一生無給で働く奴隷を作り出している。下層街の子どもは幼い頃から、そのことを嫌というほど教えられて育つ。中には餓え死ぬよりはましだと、自ら〝神の奉仕人〟になる者もいるが、レヴィにそんな気はさらさらなかった。だからとりあえず腹が満たされると、暗くなる前に母が待ちかまえる部屋にもどった。

レヴィには自分を傷つける人間を見分ける能力があった。悪意ある人間を見抜く目だ。

他にも、多くの大人たちには見えないものを見ることができた。それは暗闇に浮遊する綿毛のような光であったり、黒い靄であったり、ときには鼠と蛇が混じった奇怪な獣の姿であったりした。

綿虫のように小さな光を目で追って、足を止めたおかげで暴走する馬車に轢《ひ》かれずにすんだこともある。親切そうな顔で声をかけてきた老人の喉に、腐りかけた鰻《うなぎ》か大蚯蚓《みみず》のような化け物が巻きついているのが見えたから、走って逃げたおかげで人買いに攫《さら》われずにすんだことも。

下層街から都の中心にそびえ立つサン・アンゲルス大聖堂を仰ぎ見ると、無数の尖塔に囲まれた荘厳な円蓋《えんがい》の上空に、天を覆うほど巨大な竜がとぐろを巻いて世界を睥睨しているのが見えた。

竜は無数の色と姿を持ち、日によって形を変えながら、常に何かを探すように蠢いている。

初めて見たときから本能的に、そいつに見つかったらマズイと分かっていた。どうすればかくれていられるのかも。やつと同じ階層に行かなければ大丈夫。例えるなら、多くの人々は地下で暮らしていて、レヴィはそこから階段を上がった一階にいる。そしてあの巨大な竜は五階にいる。一階の窓の隙間から十階の竜は見えるけれど、竜からはこちらが小さすぎて見えないという感じだ。

二階くらいまでなら上がっても大丈夫だけれど、三階まで行ったら見つかる。一階や二階に上がれる人間は、レヴィ以外にもそれなりに数がいて、そういう人々は他人から『勘がいい』とか『一芸に秀でている』とか『技を極めた』と称賛されていることが多い。教会の司祭の中にもたまにいる。そうした人々にまぎれることで、レヴィは竜に見つかることを免れていた。

その頃から、狭い路地や建物のすき間、側溝や荷馬車の下などに目にも止まらぬ速さで逃げ込むことが多くなり、近所の住人から〝灰色鼠のレヴィ〟と呼ばれるようになった。

鼻のまわりに散った雀斑《そばかす》と、垢《あか》染みて汚れている濃灰色の髪をボサボサにふり乱し、しょっちゅう走りまわっている姿が鼠によく似ていたからだ。

レヴィの外見で唯一美点があるとすれば、緑柱石《エメラルド》のような瞳の色かもしれない。

鮮やかな緑色は、気持ちが高揚すると金粉をまぶしたような明るい翠《みどり》色になる。そのことにレヴィ自身が気づいたのは十歳の終わり。教会の寵児であるエリファスに拾われ、彼の学友という身分で保護されてからのことだった。

エリファスが現れたのは、その年初めて雪が降った日。

レヴィは客を取った母に部屋を追い出され、いつものように建物と建物の間の狭いすき間に身を隠して座り込んでいた。

ここ数日の寒波で風邪をひいてしまい、熱が出て咳もひどかった。油断すると眠ってしまう。咳き込んで目覚めるたびに体調は悪化していた。最初のうちは短い間隔で走っていた悪寒と震えが、いつの間にか治まって、身体全体がぼんやりとした湯気の塊になったようだ。

今度眠ったら二度と目覚めないかもしれない。そんな気がして必死に目を開けていたとき、前方から声が聞こえてきた。

「やっと見つけた。ずっと君を探していたんだ」

理解できないことを言いながら近づいてきたエリファスは、このとき十一歳と五カ月。レヴィより六カ月だけ年上だった。

彼の背後には、黒衣の大男が影のように寄り添っていた。エリファスがふり返り、歳に似合わぬ大人びた口調と態度で何かつぶやくと、黒衣の男が一歩前に進み出る。そして半分死にかけていたレヴィの身体を大きくて暖かい外套ですっぽり包み込み、しっかりと抱き上げてくれた。

そのときの温かさと腕の力強さは、愛情に餓えていることに無自覚だったレヴィの胸に深く刻み込まれ、長い間消えることがなかった。

高熱と咳が治まってようやく意識がもどったとき、最初に目に映ったものがなんなのか、理解できるまでしばらく時間がかかった。寝返りを打つたび、視界に入る風景は深い緑になったり薔薇色になったり白になったりした。何度まばたきしても見知ったものにならないので、自分は気が変になってしまったのかと思ったくらいだ。もしくは、ここはあの世で、自分はもう死んでしまったのだと。

「気がついたか。気分はどうだ？」

低くて素っ気ない男の声は、月のない夜の闇に似ていた。

「ここ、どこ？　目がまわる、オレ…おかしくなっちまったんだ。なんかぐにゃぐにゃして…」

色のちがう泥を中途半端に混ぜ合わせたような視界の中、黒衣の大きな男の姿だけがくっきりと浮かんで見えた。レヴィはすぐに、彼が自分を抱き上げて運んでくれた人だと気づいた。

「まだ朦朧《もうろう》としてるようだな。ここはサン・ラディウス宮殿の中だ。本来ならおまえのような者が入れる場所ではないが、エリファスがどうしてもと言うから連れてきた」

「宮殿…？　エリファス……って、だれ…？」

「おまえの命の恩人だ。あの子が助けなければ、おまえは今ごろとっくに死んでいた」

「あぁ…うん、それは…わかる」

ということは、オレはまだ生きてるってことか。そして信じられないことだけど、どうやらヴァレンテで最も神聖かつ高貴なる者が住む場所に保護されたらしい。レヴィは声のする方へ顔を向けて、何度も瞬きをくり返した。歪んで渦を巻いていた背景が、ようやく美しい部屋の壁と柱、そして天井だと分かってくる。あまりに見慣れない豪華な室内のせいで、目に映ったものを頭がうまく処理できなかったらしい。宮殿と聞いて、ようやく理解できるようになった。

「あんたがオレをここまで運んでくれたの？」

「――そうだ」

「あんがと」

「礼ならエリファスに言え。それから人に呼びかけるときは『あんた』じゃなく『あなた』と言え。礼は『あんがと』ではなく『ありがとう』だ」

「あなた、ありがとう」

「そうだ」

「あなたの名前は、なんての？」

「――…レギウス・キングスレー。『なんての』ではなく『なんというのですか』」

レギウスの返答はどこまでも素っ気ない。けれどそのあとでレヴィを抱き起こし、汗で濡れた服を着替えさせてくれたし、水も飲ませてくれた。さらに食事を届けてくれて、まだ手に力が入らなくてうまく匙《スプーン》が持てないレヴィの代わりに、皿から麦粥をすくって口元まで運んでくれた。

誰かからそんなふうに、手取り足取りやさしく扱ってもらったのは生まれて初めてで、自分を軽々と抱き上げる腕の力強さに、わけもなく胸が高鳴った。

目を細めて意識を少し『上の階に』ずらすと、レギウスの背後、肩のあたりから天井近くにかけてまっすぐに立つ、背の高い男の姿が見えた。漆黒の祭服の上から甲冑《かっちゅう》を身にまとい、両腕を曲げて胸の前で交叉させ、右手に抜き身の剣、左手にはやはり漆黒の十字架が下がった数珠《ロザリオ》を持っている。

まぶたは伏せたまま、彫像のように微動だにしない。そして半分透けている。

もちろん生身の人間ではない。正式にそれがなんと呼ばれているか知らないけれど、レヴィは勝手に〝守り手〟と呼んでいる。〝守り手〟の姿形、存在感は、そのまま守護の強さと種類を示している。

〝守り手〟がこんなに立派な人間は、これまであまり見たことがない。

レギウスは強い力で守られている。同時に、彼自身が強い守護の力を持っている。

自分以外の誰かを守る力。甲冑姿の〝守り手〟が手にしている剣は、その意思の表れだ。

「何を見ている」

レギウスの声に、レヴィはハッと我に返って視線を下げた。普通の人には何もない場所をじっと見上げていれば、不審がられて当然だ。レヴィは誤魔化すために小さく首を横に振った。

「何が見えた」

重ねて問われてようやく気づく。

レギウスはオレが〝見える〟ことを知ってる。不審がったり驚いたりしていない。

それなら、言っても大丈夫か。

レヴィはレギウスを見つめたままコクリと小さく唾を飲み、さっき自分が見たものを口にした。

「甲冑姿の立派な男の人。右手に剣、左手に数珠《ロザリオ》を持ってる」

「ふん…。エリファスが言っていたのはそういうことか」

レギウスは横を向いて独り言のようにつぶやくと、改めてレヴィを見下ろし、ほんの少しだけ表情を和らげた。

言葉の意味はよく分からないけど、オレのことを認め受け入れてくれたような気がする。

「眠れ」

そう言ってレヴィの額に手のひらを乗せ、そのまま下にずらしてまぶたを下ろす。

レギウスの大きな手はひんやりとして、熱で火照《ほて》った肌に心地いい。

「…オレが眠るまで、ここにいてくれる？」

「――ああ」

生まれて初めて側にいて欲しいと思った人に願いを聞き届けてもらえて、天にも昇る心地になった。

誰かに守られていると感じながら眠りに落ちるのは、やわらかくて暖かな布団にくるまれるよりも、ずっとずっと幸せで心躍る経験だった。

このときレギウスは二十三歳。レヴィより十二も年上の立派な大人だった。

彼は見上げるほど背が高く、身体つきは教会の門前や広場にある闘士聖人の彫刻のように堂々としていた。ひと目で生粋の上流人種だと分かる大人の男から、親切にしてもらったことなど生まれて初めてだった。だからだろうか、レヴィは自分でも気づかないうちに理想の父親像をレギウスの中に見出していた。生身の父親を知らなかったからこそ描くことができた、憧れに満ちた理想像を。

レギウスは朝昼晩と、日に三回も様子を見に来てくれた。毎回熱を測り、食事をちゃんと食べ終わるまで見守ってくれた。汗で重くなった服を着替えるのを手伝ってもくれた。

間違った言葉使いを正されて、それをきちんと覚えると褒めてくれた。食事のときの食器の使い方や順番も、教えられた通りにできると「よし」と言って満足そうにうなずいてくれる。

そんなふうに自分の行いを認められたのは生まれて初めてだったから、嬉しくてしかたなかった。

レギウスに褒めてもらいたくて、言いつけはなんでも守るようにした。そうすれば、眠る前に頭を撫でてくれたからだ。

三日目からは食事のあとに聖書を読んで聞かせてくれた。レヴィは教会の教えがあまり好きではなかったけれど、レギウスの少しかすれた低い声で二千年前にクリストゥスが語った話や、彼を慕って集まった使徒たちの逸話を聞くのは楽しかった。

強く、礼儀正しく、端正な容姿と落ちついた態度を持った立派な大人の男性に対する憧れが、強い慕情に変わるのにさほど時間はかからなかった。

たぶん自分は、ずっと誰かに守って欲しかったのだ。それまで自覚はなかったけれど、恵まれた子どもたちのように庇護され愛されるということに餓えていた。心の底ではずっと、安心できる場所が欲しかった。存在を認めてもらい、ここにいていいと言って欲しかった。

最初に目に映ったとき、それがなんなのか理解できなかったほど豪華で美しい部屋や、大きくてやわらかな寝台、新鮮で温かな食事よりも、レギウスに惹かれた。

彼の笑顔がもっと見たい。その笑顔を自分に向けて欲しい。彼に褒めてもらいたい。彼の役に立ちたい。彼のために何かして、喜んで欲しい。

好意を抱いた相手に対する原始的な欲求も、レヴィにとっては不慣れなもので。

だからこそ、強く深く心に刻まれた。

レギウスに対する気持ちが決定的になったのは、宮殿の一室で目覚めてから十日ほど経ったときのことだった。

起き上がるとまだふらふらして、物につかまらないと歩けない。けれど自力で厠《トイレ》に行きたくて、無理して寝台から降りたとき。突然扉が大きな音を立てて開け放たれ、見知らぬ神父たちが雪崩れ込んできた。

「いたぞ、捕まえろ！」

「どうやってこんな所にもぐり込んだんだッ」

弱った身体で逃げ出すこともできず、あっという間に押さえつけられて猿轡《さるぐつわ》を嚙まされる。後ろ手に腕を縛られて足首も紐で縛られた。そのまま毛布のようなもので頭からすっぽり覆われ、丸太でも運ぶように抱えられて部屋から連れ出されそうになった。

心臓が胸を突き破って出そうなほど激しく脈打っている。いったい何が起きたのか解らない。鞭打ち、異端審問、拷問。盗みの罪で腕を切り落とされる。頭の中ではありとあらゆる最悪の状況が浮かんで、恐ろしさに手足が震える。混乱しながら心の中で必死に助けを求めた。

――レギウス！　レギウス…ッ!!

毛布の中で弱々しく身藻掻《みもが》いていると、突然自分を抱えている男たちの動きが止まった。

「何をしている」

レギウスの声だ。真冬の川面をわたる風のような冷え冷えとした響きに、明らかに男たちが動揺したのが伝わってくる。

「キングスレー卿、これは…その」

「誰の許しを得てこの部屋に入った。ここはエリファスの指示で立ち入り禁止のはずだ」

「ええ、ですが〝神の供物〟予定の子どもがひとり、行方不明になっておりまして。この近辺で最近子どもの姿を見かけたという者がいたので調べたところ、確かに…」

「おまえたちが探している者と、その子は無関係だ。返してもらおうか」

「しかし…」

「エリファスの〝聖なる盾〟レギウス・キングスレーの言葉に逆らうのか？」

「――…っ、いえ、滅相もありません」

焦った男の声と同時に毛布が剝ぎ取られ、猿轡を外され、手足の縛めも解かれて自由になった。

ぐるりと取り囲んでいた男たちが離れていくと、代わりにレギウスが近づいてきて、人攫い男の腕からレヴィを奪い返してくれた。反射的に伸び上がって首筋にしがみつくと、背中にレギウスの腕が軽く添えられる。それが嬉しくて、首筋に思いっきり顔を埋めた。

「怖かった…」

レギウスは人さらい男たちを部屋から追い出してしまうと、小さな溜息とともにささやいた。

「そんなにしがみつかなくても、もう大丈夫だ」

その瞬間、レヴィの心はレギウスにしっかり捕らえられた。

蜘蛛《くも》の巣に自ら飛び込んだ羽虫のように、それは愚かで幼い恋のはじまりだった。


レヴィがエリファスと引き合わされたのは、風邪がすっかり治って床払いの許しが出た日。

エリファスは目の醒めるような鮮やかな青い瞳と、一度見たら忘れられない美貌の持ち主だった。

腰に届くほど長く伸びた髪は蜜を塗ったような金色。変声期前の声は磨り硝子でできた鐘の音のように耳に心地良く、肌は陶器のように白くなめらか。頬はほんのりと薔薇色に染まり、唇は早生の苺のように瑞々しい。顔の輪郭も、目鼻の配置も形も、子どもながら均整のとれた身体つきまでもが完璧な美しさを持っていた。一見簡素に見える白の式服をまとっているだけで、目立った装飾などなにもないのに、身体の内側で火を灯しているように輪郭がぼう…っと光って見える。まるで彼の上にだけ、天井を貫いて陽が射し込んでいるように。

天使がそのまま人になったようなエリファスは、レヴィを見ると迷わず駆け寄り手をにぎった。

「よかった！　すっかり元気になったんだね。君の風邪が治るまでは、うつるといけないからって、レギウスがどうしても部屋に入れてくれなかったんだ」

「……へぇ、そうだったんだ」

半月の間、一度も姿を見せなかったから、冷たくて高慢なお坊ちゃんだと思い込んでいた。

命の恩人はエリファスだと教えられていた。けれど、こっちにしてみれば実際に自分を抱き上げて外套で包んでくれたのも、起き上がれるようになるまで面倒を見てくれたのもレギウスだ。半月近くの間、一度も顔を見せなかったエリファスより、レギウスに懐いて心を許すようになったのは当然の成り行きといえる。

レヴィは拍子抜けして、自分の手をにぎりしめる温かい手を見つめた。

こうして側に立っているだけで、彼の性格が温厚で思い遣りがあることが伝わってくる。

「君は今日から僕の学友として、正式にこの宮殿で暮らすことになったんだ。事後承諾で申し訳ないけれど、承知してくれるね？」

世界でもっとも強大な権力を持つといわれるヴァレンテの教皇から特別に目をかけられ、中央大聖堂の秘宝、教会の寵児と尊ばれて誰よりも大切にされている少年は、見た目どおり聡明で頭がよさそうだった。

「君には僕と同じ……というのは無理にしても、同等に近い待遇を保証するよ」

エリファスはとなりで渋い表情を浮かべたレギウスを、ちらりと視線で制してから大人びた口調ですらすらと今後の予定を告げてゆく。

「身分は僕の学友。もちろん一緒に勉強してもらう」

いったいどういうことなのか。何か裏があって騙されているのだろうかと、レヴィが盛大に顔をしかめると、それを予期していたようにエリファスが微笑んだ。

「心配しなくても大丈夫。読み書きの初歩から礼儀作法まで、基本はレギウスが教えてくれるから」

自分でも現金だと思ったけれど、ほっと安心して嬉しくなった。期待で胸が高鳴る。

「レギウスはいい先生だと思うよ。僕も最初は彼にいろいろ教わった。ちょっと厳しくて、融通が利かないところもあるけど」

「私が厳しいのは、御身の安全を第一に考えているからです」

レヴィに対するのとはまるでちがう、かしこまった丁寧な口調なのに、そこには隠しきれない愛情があふれている。エリファスもそれを分かっているのだろう。にっこり笑って小さく肩をすくめた。

「ね、融通が利かないでしょ」

そのやりとりだけでふたりの間にある強い絆《きずな》と愛情、信頼といったものが伝わってきて、鳩尾が煮立った泥を飲んだように熱くて重くなる。

レヴィはエリファスの美しい姿を見た瞬間から――いいや、レギウスに「命の恩人はエリファスだ。礼なら彼に言え」と言われたときから彼に反発を覚えていた。

最下層の貧民街で唯一の肉親である母に愛されず、餓えと寒さをしのぐことで精いっぱいだった自分にくらべて、彼があまりにも完璧で、この世の幸福をすべて独占しているように思えたからだ。

その上レギウスの献身と忠誠を捧げられているところを見せつけられて、正直おもしろくない。

「なんでオレなんかを学友ってのに選んだわけ？　どんな理由だよ」

「僕がそうしたいから」

エリファスはあっさり告げて、それ以上なんの説明が必要かと言いたげに小首を傾げた。

望むことはなんでも叶えられる。そういう身分に生まれ育った者特有の、嫌味のない確信。

――それがオレを苛立たせるなんて、きっとこいつは思いもしないんだろうな。

「あっそ。別に、あんたがそうしたいなら、学友ってのになってやってもいいぜ」

上位に立つようにわざと肩をそびやかし、腰に手を置いて胸を張ってみせたとたん、すかさずレギウスに叱られた。

「エリファスに失礼な態度を取るんじゃない。謝りなさい」

「なんで…？　オレは別に…」

「言い訳は聞かない。私がおまえの物言いは失礼だと判断した。エリファスに非礼を詫びなさい」

看病してもらった半月の間に理想の父性像を重ね、すっかり懐いて、恋にも似た憧れを抱いているレギウスに叱られると、無性に悲しくなる。すべてにおいて恵まれたエリファスに対する反発と、レギウスに嫌われたくないという切実な願いは、葛藤するまでもなくあっさり後者が勝った。

「……悪かったよ」

「申し訳ありません。許してください、だ」

「レギウス、そんなに堅苦しくしないで」

「エリファス、あなたは甘すぎます。こういう下品な輩《やから》は、最初の躾《しつけ》が肝心なんです」

「―――…！」

最初は、何に衝撃を受けたのか分からなかった。目の前で見えない何かが弾けて、胸に鉄片が刺さったような気がした。それからようやく『下品な輩』とレギウスに言われたことが辛かったのだと気づく。下品なのも粗野なのも本当のことだから、別に今さら傷つくようなことじゃないのに。他の誰に言われても、右から左へ聞き流して気にしない。でも、レギウスに言われるのは嫌だ。

――エリファスが側にいると、オレに対するレギウスの態度がいつもより冷たくなる気がする。

エリファスのせいだ。こいつがいるからレギウスはオレの気持ちを無視したり、虫けらみたいに扱う。ふたりだけのときは、もっとちゃんとやさしくしてくれるのに。

それは多分に願望が入り混じった記憶の改竄《かいざん》だった。そうだったらいいなという願望が、ほんの少しの触れ合いや、わずかなやさしい言葉を拡大解釈して、自分に都合のいい幻想を作り上げていた。

レヴィがそれに気づいたのは、何年もあとになってからだ。このときはレギウスに嫌われたくない一心で、エリファスに対する態度を改め、従順にふるまうことに必死だった。

けれど心の中では、レギウスに大切にされているエリファスが羨ましくて妬ましくて仕方なかった。

エリファスは学友や勉強など必要ないほど、聡明で頭がよかった。まるで五百年も生きていると思えるくらい博識で思慮深い。読み書きの初歩を習いはじめたレヴィの授業に同席する必要などないのに、なぜか毎日席をならべ、となりでにこにこしながら一緒に文字の書き取りをしたり、歴史のおさらいをしたり、礼儀作法のお手本になってくれたりした。

エリファスはどこへ行くにもレヴィを連れ歩き、自分と同じ待遇を周囲に要求した。わずか十一歳の子どもに、周囲の大人たち——上級司祭や大司教、ときには教皇まで——は唯々諾々と従っていた。

いったいエリファスは何者なのか。

そんな疑問が湧き上がるようになったのは、聖堂宮殿で暮らしはじめてから三カ月ほどが経過して、教会の身分序列や組織の規模がぼんやりと理解できるようになったからだ。

エリファスには別名がたくさんあった。

『神の恩寵』『聖天使』『ヴァレンテの秘宝』『教皇の寵童』『光の導き手』。

仰々しいそれらで呼ばれても少しも違和感がない。同い年、同じ人間とは思えないほど、すべてにおいて秀でたエリファスと一緒に、レヴィは毎日過ごす羽目になったのだ。

最初から反発心を抱いていたレヴィをよそに、エリファスのほうはなぜかずっと好意的で、レヴィが乱暴な言葉遣いで文句を言ったりなじったりしても、決して機嫌を損ねることはなかった。もちろんレギウスに言いつけたりもしない。

自室に招き入れて「好きな物があれば持っていっていい」「自分の部屋だと思ってくつろいで」などと言う。エリファスのために仕立てられた私服も、寸法が合うものはレヴィに着せて「似合う」と微笑む。そんなわけはないのに。

宮殿で毎日美味い飯を食わせてもらって、ガリガリに痩せこけていた身体は年相応の肉づきになった。けれど貧相な顔立ちも雀斑もそのまま。鼠みたいな濃灰色の髪も、見栄えは決してよくならない。

いったいエリファスは何を考えているのか。なんの目的があってオレをそんなに優遇するんだろう。

何度もエリファスに訊ねたけれど、彼はそのたび「僕がそうしたいから」と答えた。

「それじゃ意味わかんねぇから聞いてんだろ。ちゃんと答えろよ」

レギウスのいないところでは以前の乱暴な口調にもどる。特にエリファスの前では。

「君が好きだから」

天使みたいにきれいな顔で臆面もなくそんなことを言われて、火花みたいに感情が弾けた。

「ば…っ、馬鹿じゃねぇの」

とっさに腕を上げて口元を覆う。どうしてか頬が熱くなる。胸がざわざわして落ち着かないのは腹が立ったからだろうか。でもこれは、よく似てるけど怒りじゃない。

馬鹿と罵られてもエリファスは嬉しそうに微笑んでいる。本当に馬鹿みたいだ。

「ばーか、ばーか」

幼児みたいに節をつけて罵ったのは子ども特有の照れかくしだと、そんな単純なことに気づいたのは、エリファスを失ったあとだった。

† Ⅶ　逃げた天使と、捕らわれた天使

「失った…ってことは、エリファスは死んでしまったんですか？」

寝返りを打ち、自分を抱え直したクライスに長い思い出話をさえぎられる。

レヴィはクライスの顔を見上げて「少しちがう」と訂正した。

「死んじゃいない。元居た場所にもどっただけだ。だけど…もう会えない」

悲劇はエリファスが十五歳を迎える日に起きた。

聖天使の誕生日は、この日のためにヴァレンテ中から集った大司教、司教、司祭、そして無数の修道士たちによって盛大に祝われた。大聖堂では荘厳な祈禱式が行われ、祝賀の宴が国中で催される。

その裏で、エリファスにはまたひとつ太い鎖がかけられようとしていた。

「鎖？」

「天使を地上に繫ぐ鎖だ」

エリファスの肉体は、代々最良の『天使の器』となるよう厳密に血統を管理され、生み育てられた両親から生まれた人間のものだ。けれどそこに宿る魂は、本来なら人より遥かに高い階層にあるべき大きな存在だ。

教団は古《いにしえ》から伝わる秘儀によって、それを肉の器に繫ぎ止めてきた。

「秘儀ってのには、生贄《いけにえ》も含まれてる」

生贄を用いた秘儀は五年ごとに行われ、エリファスと同い年の子どもが選ばれる決まりだ。その年は十五歳。そして十五人の子どもが集められた。その中にレヴィも入れられてしまったのだ。

「エリファスに特別愛情をかけられてたから、生贄としての効力も絶大だろうって言われた」

儀式の準備中に司祭たちが話す会話は聞こえていたけれど、捕らわれて供物台に縛りつけられ、大量の麻薬と痺《しび》れ薬を投与されていたレヴィには、言い返すことも逃げ出すこともできなかった。

生贄の供物台は、エリファスが横たわる聖架台を中心にぐるりと円を描いて置かれていた。

そして真夜中にはじまった儀式は凄惨《せいさん》を極めた。

「生きたまま、生贄の胸と腹を割り広げて心臓と内臓を取り出すんだ。それも端から順番に」

みんな身体は動かないけれど意識はある。となりの供物台で、頭からすっぽり覆面を被った正体不明の男たちに取り囲まれた子どもが、生きたまま内臓を抜かれて、屠殺《とさつ》場に吊された羊のような姿に変わってゆく。それを横目で見ながら、気配を感じながら、仲間がかすかに喘ぐ吐息を耳にしながら、次は自分の番だと恐怖に震えながら待たなければいけない。その念が、怒りが、悲しみが、救いを求めて足掻《あが》く祈りが、依《よ》り合わさって天使を繋ぐ太い鎖を形作ってゆく。

「オレは一番最後だった」

幸い痛みは感じなかった。事前に大量投与されていた薬のおかげだ。よく切れる細い刃《やいば》が自分の肌にめり込み、肉を切り裂いてゆくのを呆然と見つめ、大きく開いた胸から赤や桃色の臓物《ぞうもつ》が取り出されるのを他人事のように眺めていた。

気がつくと、血が抜けて白っぽくなった空っぽな自分の胸と腹を見下ろしていた。

どのくらいそうしていただろうか。ふと、誰かに呼ばれた気がして顔を上げると、あたりは不思議な情景に覆われていた。儀式が行われている広間は水底をのぞき込んだようにぐにゃぐにゃと揺れ動き、すべてが幻のようで、何ひとつも確たるものがない。その中で、聖架台に横たわるエリファスの身体だけが、白と金色にまばゆく輝いていた。まるで羽化したばかりの蝶が、懸命に身を震わせて羽を広げようとしている姿か、地上から飛び立とうとする鳥が翼を広げて風を捕らえようとしている姿に似ていた。

――エリファス……！

なぜかレヴィには、それがエリファスだとひと目でわかった。同時に、彼が聖天使と呼ばれてきた理由も。そして長い長い間、人間の欲望を叶えるために地上に繋がれてきたことも。

例えでもなんでもなく、エリファスはまさしく本物の天使だったのだ。

聖なる輝きを放つ聖天使《エリファス》の身体には、消し炭のように古くて脆《もろ》くなった鎖の残骸がまといつき、なんとか獲物を繋ぎ止めようとしていた。けれど白と金色に輝く翼を広げたエリファスは、今にも縛めをふり切って逃れようとしている。

目を凝らすと、周囲にある十五の供物台から、黒く光る鎖が伸びているのが見えた。それは覆面の男たちが斉唱する祈禱の声に合わせて勢いを増し、のたうちながら中央にいるエリファスに絡みつこうとしている。殷々と響き渡る祈禱の声がひときわ大きくなると同時に、肉体から離れかけた美しい爪先に漆黒の鎖が巻きつく。

――止めろ…ッ！

レヴィは空っぽになった自分の肉体を見下ろし、そこから伸びる黒い鎖に飛びついた。そのまま夢中で鎖を引き千切ってゆく。跳ね橋を引きあげる鎖のように硬く頑丈に思えたそれは、意外にも脆く、レヴィが触れると乳酪《バター》のようにえぐれて崩れ落ちた。それに勇気を得て、自分のものだけでなく残り十四本の鎖も次々と引き千切り、投げ捨ててまわる。

水底の風景のようにぐにゃぐにゃと揺れる広間の中で覆面の男たちが動揺し、必死に祈禱を捧げる姿が見えた。覆面で隠していても、彼らが焦り、恐怖と怒りに震えているのが感じられた。

――ざまあみろ。オレたちを生贄にして聖天使《エリファス》を捕らえとこうなんて、汚ねぇ真似するからだ！

レヴィが最後の一本を引き千切り遠くへ投げ飛ばした瞬間、エリファスの肉体に触れていた天使の爪先が完全に離れ、広間にまばゆい光輝が炸裂した。天井が消え、真夜中のはずの天空から七色に輝く虹が下りてくる。天使は虹の階《きざはし》に足をかけ、ゆっくりと昇りはじめた。

レヴィは胸の透くような爽快感とともに、長い間従属を強いられてきた軛《くびき》を脱してようやく天に還ろうとしているエリファスを見送った。

最後に天使が一度だけ、かすかにふり返った気がした。その瞬間、自分のまわりに光が満ちて頬に誰かの両手が触れる気配がした。

「エリファス…？」

肯定の色が目の奥で弾ける。それから言葉ではなく、意味と意図が直接、頭の中に広がった。

『ありがとう。そしてごめんなさい。僕のためにレヴィの身体は死んでしまった。だから代わりに、僕の身体に入って。そしてこれからの人生を楽しんで。この身体は――だから……』

言葉に訳せばそんな感じの内容だ。最後の部分だけは、なんと伝えたかったのかよく分からない。

もう一度聞きとろうとしたけれど、やんわりとやわらかな手に押されて、ころんと後ろにひっくり返ったかと思ったら、次の瞬間には『エリファス』の身体と瞳で世界を見ていた。

「オレの瞳は緑でエリファスは青だった。瞳の色が変わっても、別に世界が青味がかって見えるなんてことはないんだ。最初にそう思ったのを覚えている」

そう言ってクライスの顔を見つめると、驚きと戸惑いはもちろんあるけれど、それを補ってあまりある温かな手のひらで頬を包まれた。

「エリファス…レヴィ」

「うん。だから、オレの本当の名前はレヴィっていうんだ。この身体はエリファスにもらったものだけど、中身はレヴィなんだ。それはずっと変わらない」

変わらないし忘れない。そのために言葉使いはわざと下層街なまりのまま変えなかった。

「だからクライスにも、ふたりだけのときは…レヴィって呼んでほしい」

「レヴィ」

「うん」

レヴィは目を閉じて、しみじみと自分の名前を味わった。

エリファスが天に還ったあの夜から、自分でつぶやく以外、一度も他人に呼んでもらったことがなかった名前。自分の中に刻まれた傷——下層街の路地裏や、生贄の儀式が行われた供物台の上で今も小さく身を丸め、膝を抱えた灰色髪の少年が、ゆっくりと顔を上げて微笑んだような気がする。

クライスに名前を呼ばれると、自分はここにいてもいいのだと思える。それは、レギウスには決して与えてもらえなかったもの。

——オレの存在を認めて、必要としてくれる。やさしくて情熱的で、愛情深い男。

目を開けてクライスに微笑みかけると、彼は少し遠慮気味に疑問を口にした。

「……レギウスは、このことを知っているんですか？」

クライスはいつもエリファス…レヴィの気持ちを気遣って、嫌がったり気が進まない話題はすぐに察して避けてくれる。そのやさしさにレヴィがどれだけ癒され慰められてきたか、たぶん彼には想像もつかないだろう。

「知ってる。儀式からもどったオレを見た瞬間、ひと目で気づいた。髪の色も瞳の色も、微妙に変わってたから。だけど最初は信じられなかったみたいで、ずいぶん混乱してた」

エリファスは蜜を塗った純金のように輝く金髪と、真夏の空みたいに鮮やかな青い瞳だった。けれどレヴィの魂が宿ったときから、金色の髪は銀粉をまぶしたように色味が少し褪せ、瞳は光の加減によって緑色にも見えるようになった。レギウスは何かの間違いではないかと、何度もレヴィの魂が宿ったエリファスの髪を洗ったり瞳をのぞき込んだりしていた。

レヴィ自身も彼に負けないくらい混乱していたため、そのあと儀式の失敗と聖天使《エリファス》に逃げられた事実を教団上層部がどう受け止め、どう処理したのか詳しくは知らない。

気づいたとき、レヴィはエリファスとしてふるまうことを当然のように要求されていた。レギウスの強い希望で――いや、希望というよりは強制で。

最初はうまくいっていた。その頃はまだレギウスのことが好きで好きでたまらなかったから。自分がエリファスになりきれば、エリファスが愛されたように自分も愛してもらえると思っていたのだ。愚かにも。

そしてレギウスも、エリファスを失ったことを認めたくなかったのか、レヴィのことはあくまでもエリファスとして扱った。しゃべり方も仕草も考え方まで、すべてエリファスと同じであることを要求された。見返りとしてレギウスが捧げる愛情と忠誠を一身に浴びることができたけれど…、

「虚しくなった」

そうつぶやいてレヴィは口を閉じた。その先は胸の中だけで思い返す。

器はエリファスでも魂はレヴィだ。記憶も感情も。そこから生まれる行動も考えも。下層街で十一年間生き抜いてきた、愛情に餓えた少年のもの。

どんなにレヴィとして愛して欲しいと訴えても、懇願しても、レギウスは冷たく無視した。まるでレヴィの存在そのものを憎むかのように。エリファスを天に還したレヴィに復讐するように。

エリファスの肉体にだけ執着して、狂おしいほどの恋着を押しつけられた。文字通り身体で。

魂がエリファスのままだったら、レギウスはきっと手が出せなかったはずだ。けれど中身はレヴィだと思うことで箍《たが》が外れたのか、邪に爛れた肉欲をぶつけてくるようになった。レヴィが抗う術《すべ》を封じた上で、貪るように抱きながら『愛してる』と訴え続けた。『エリファス、愛している』と。

そんな夜を数え切れないほど重ねた果てに、レヴィは彼の愛情と理解を求めることをあきらめた。

あきらめは次第に嫌悪に変わり、いつしか憎しみに近づいていった。

せめて無理やり抱かれることがなければ、最愛の魂を失った可哀想な男として、哀れみを向けることはできたかもしれない。けれどもう無理だと、今は分かっている。それはオリエンスでクライスに出会って、確固たる確信に変わった。

「オレはクライスが好きだ」

何気なくそう言ったとたん、クライスの顔が太陽みたいに輝いた。見ているこちらまで幸せになるような、温かくて嬉しそうで楽しそうな微笑み。自分の言葉で人がこれほど喜ぶのを見たのは、生まれて初めてだ。

「……言ったこと、なかったっけ？」

「初めて聞きました。そして、ずっと聞きたかった言葉です。――ありがとう」

繊細な花束でも抱えるように、そっとやさしく抱き寄せられて、なぜか涙がこみ上げてきた。

生まれてから一度も、レヴィとしての自分をこんなふうに大切に扱われたことはなかった。だから自然に言葉が口をついて出た。

「オレのほうこそ、ありがと。……おまえに出会えてよかった。おまえがオレを好きになってくれて、本当によかった。すごく…嬉しい」

クライスの返事は心底愛おしげに髪をやさしく撫でる手のひら。

それがあまりに心地良くて、これまでずっとレギウスに抱かれていたことを告白しそこねた。

せっかくの甘いひとときを、胸糞《むなくそ》の悪い話で台無しにしたくなかったからだ。

レギウスとのことは、また日を改めて言えばいい。もうひとつ明かさなければいけない大事な秘密のことも。

――大丈夫。クライスはきっと分かってくれる。そしてオレを助けてくれる。

そう確信できることが嬉しくて、これがクライスの言っていた『幸せな気持ち』ということかと思いながら、レヴィは笑みを浮かべて、おだやかな眠りに身を任せた。

† Ⅷ　天使強奪

レヴィが二度寝を心ゆくまで堪能している間に、クライスはそっと起き上って寝台を下りた。

そのまま寝室を出て、となりの訓練室で日課の鍛錬をこなす。この部屋は元々、大小三つある居間のひとつだったが、レヴィを警護しつつ鍛錬を欠かさないために改装してもらった。ここを通らなければ誰も寝室には入れない。だから安心して訓練に没頭できる。

腰に残る昨夜の甘い気怠さに、顔がにやけそうになるのをこらえながら黙々と鍛錬を重ねてゆく。

昼前には従者に運び込んでもらった盥の水と布でざっと汗を流して服を着替え、寝室にもどってレヴィに声をかけた。

「そろそろ昼食の時間です。お腹、空かないんですか？」

クライスは訓練をしながら従者に用意してもらった簡易食――薄切りにした燻製《くんせい》肉と酢漬け野菜を、小麦を練った生地で包んで焼いたもの。汁が垂れず片手で食べられるので便利――を腹に入れたので大丈夫だが、朝から何も食べていないレヴィはさぞかし空腹だろう。

前髪をかき上げて額に手のひらを置くと、レヴィは目を瞑ったまま「うぅ～…ん」と伸びをして、そのまま両腕を差し出す。腰を屈めて顔を近づけると両腕が首に巻きついて、甘い声でねだられた。

「…起こして」

「いいですよ」

思わず笑みを浮かべながら細い身体を軽々と抱き上げ、そのまま無防備な唇に自分の唇を重ねる。

「…ん」

目を閉じたままレヴィも笑みを浮かべて唇接けを受け入れた。軽く舌を絡めながら何度か角度を変えるうちに、下腹部に熱がこもりはじめる。このまま寝台にもどって抱いてしまいたい。強い衝動に襲われたものの、レヴィに何か食べさせなければという義務感が、辛うじて欲望を抑えてくれた。

名残りを惜しみつつ唇を離すと、レヴィがゆっくり目を開ける。

唾液で艶を増した珊瑚色の唇が花のようにほころんで微笑みを浮かべる。頬もうっすら薔薇色に染まって、健康状態はすこぶるよさそうだ。

「今日は陽射しが気持ちいいので、昼食は露台で摂りましょう」

「ああ」

こくりと素直にうなずいたレヴィの着替えを手伝い、従者が露台に運んで用意してくれた食卓《テーブル》で一緒に昼食を摂る。クライスもレヴィも目が合うたび訳もなく微笑みを浮かべ、ときには唇の端についたパンの欠片を指で突いてクスクスと笑い合ったり、ひとつの杯から交互に葡萄酒を飲んだりと、成就したての恋人気分を存分に楽しみ味わった。

そんなおだやかで幸福感に満ちた時間は、扉を叩く独特の響きで終わりを告げた。

クライスが扉を開けると、教皇の使者が恒例のうやうやしい仕草で頭を下げ、口上を述べた。

「教皇聖下より聖務の招請です」

「――…予定では明後日のはずですが？」

前の浄化作業からまだ八日しか経っていない。

驚いてつい聞き返してしまったが、今回の使者は憤慨することなく胸に手を当てて淡々と告げた。

「聖務の日取りは教皇聖下がお決めになることです。我ら僕《しもべ》はただ粛々《しゅくしゅく》と従うまで。それこそが、神の御心に叶うただひとつの道なのですから」

物腰と声はやわらかいが、そこには鋼の信念がある。教皇の使者には何を言っても無駄。

「分かりました」

クライスは溜息をひとつ吐いて引き下がった。

いつものように身支度を調え、いつもの道をたどって地下の大鍾乳洞へ向かう。いつもとちがったのは、教皇座の裏にある地下への入り口でレギウスとふたりの〝守護者〟が待ちかまえていたことだ。

クライスはすぐさま背後にレヴィを庇い、身構えた。

その反応を予期していたように、レギウスたちの背後から教皇が現れてにこやかに告げる。

「本日の聖務の〝守護者〟はキングスレー卿らが務めてくれる」

教皇の威を借るようにレギウスが続けて言い放った。

「クライス・カルヴァドスは連日の側衛で疲れも溜まっているはずだ。それに昨夜はよく寝ていないのだろう？　あとは我々に任せて、部屋で昼寝でもしていたまえ」

「…ッ！」

昨夜のことをなぜ知っている!?

強烈な当てこすりに息を呑みながら素早くレヴィをふり返ると、レヴィは可哀想になるくらい蒼白な顔で目を見開いている。唇が何か言いたげに震えているけれど声は出ない。

「エリファス、こちらへ」

レギウスが左手に嵌めた指輪を右手の指で撫でながら、独特の響きを持つ低く深みのある声でレヴィを呼びつけたとたん、レヴィはひくりと身体を震わせ、鎖をつけられた犬のようにクライスの背後から進み出た。

「レ…」

とっさにつかもうとしたクライスの手をふり払い、そのままレギウスの元へ駆け寄ってしまう。

レギウスは勝ち誇った笑みを浮かべ、腕の中に飛び込んできたレヴィの肩を抱き寄せた。

「な…」

何が起きたのか理解できない。

あまりに衝撃が強すぎて、ふたりきりのときだけ呼んでほしいと言われた名を叫んでしまう。

「レヴィ！」

レヴィの肩が苦しげに揺れる。同時にレギウスが悪鬼のような形相を浮かべ、射殺す強さでクライスを睨みつけて低い声で恫喝した。

「――それは誰のことだ？　この子はエリファス・キングスレー。それ以外の名などない。そうだな、エリファス」

レギウスに顔をのぞき込まれ、刻印を押すような強い声に打たれてレヴィは動きを止めた。そしてのろのろと顔を上げ、クライスを見つめて小さくうなずいてみせる。

「…ああ」

「今日から私の屋敷へもどってきなさい」

「……はい」

「クライス・カルヴァドスの側には、二度と近寄らないと誓いなさい」

「――……誓い…ます」

レギウスは満足気にうなずいてクライスに視線をもどした。

「と、いうことだ。君は次の呼び出しがあるまで待機していろ。そんな機会は当分ないと思うがね」

勝ち誇ったレギウスがレヴィの肩を抱いて階段を下りてゆく。とっさにあとを追おうとしたクライスはギルダブとシャウラによって行く手を阻まれた。ふたりに手をかけようとした瞬間、レギウスのあとに続こうとしていた教皇がちらりとふり返った。

「君の能力は惜しいが、キングスレー卿にも切り札があるのだよ。予はエリファスの力を最大限引き出してくれるなら、別にどちらでもかまわないのだが、今回はキングスレー卿に軍配が上がったということだ。悪く思わないでくれ」

そう言って軽く手をふると、側廊柱の影に身をひそめていた教皇警護の神兵たちが次々と押し寄せて、クライスの身体をギルダブとシャウラから引き離してしまった。

「レヴィ…ッ！」

クライスの叫びが、壮麗で絢爛豪華な大聖堂の円蓋に虚しく吸い込まれてゆく。

その声に応えてくれる者は誰もいなかった。

サン・ラディウス宮殿はひとつの建物を指した名称ではない。中央棟から放射状に広がる十二の棟翼と、そこから枝のように伸びる回廊で結ばれた小宮殿、さらに独立した離宮群からなる巨大な建造物の集合体だ。

歴代聖天使の〝守護者〟を輩出してきたキングスレー卿の館は、サン・ラディウス宮殿の中でも一等地にあたる南翼の先にある。教皇ではなくキングスレー卿に忠誠を誓う私兵によって護られた館は、樹木と生け垣で視界をさえぎってあり、よほどのことがないかぎり敷地内の出来事が外にもれる心配はない。

クライスは暗くなるのを待って、敷地内に侵入した。服は洗濯人を買収して手に入れた私兵の制服を着ている。明日の朝までにもどせば洗濯人が咎められることはないが、クライスの無断侵入が見つかれば洗濯人も罪に問われるだろう。そのときは渡した金を持ってさっさと逃げろと言ってある。

レギウスにレヴィを奪われてからすでに半月が過ぎていた。

この半月クライスは必死にレヴィを奪い返そうとした。けれどレヴィは聖務のあとで寝込んだらしく、十日近くまったく姿を見せなかった。ようやく日課のミサ礼拝や祈禱のために大聖堂に姿を現したかと思うと、レギウスにべったりと寄り添ってクライスが声をかけても目もくれなかった。まるで二股をかけた新しい男に飽きて、元の恋人の腕にもどった気まぐれな悪女のように。

必死に声をかけても見えていないかのように無視されて、レギウスだけでなくギルダブやシャウラ、それに周囲で様子をうかがっている修道士たちにまで嗤《わら》われた。誰に嗤われても傷ついたりしないが、レヴィに無視されるのだけは辛かった。

何か理由があるはずだ。こんなに突然心変わりをするはずがない。

オリエンスでも似たようなことがあった。だから何か理由があるはずだ。

何度もそう自分に言い聞かせてきたのは、そうしないと、クライスの恋心に応えてくれたのは『好きで好きでたまらなかったのに、レヴィではなくエリファスの肉体しか愛してくれないレギウスの気持ちを、なんとか引くための当て馬に過ぎなかった』という、身も蓋もない惨めな結論に捕らわれそうになるからだ。

「そんなはずはない…」

これまでの、あの甘やかな時間がすべて嘘だったとはどうしても信じられない。

そう否定する端から、それだけの時間と手間をかけても、レギウスの心を手に入れたかったのかもしれないという疑いが芽生える。抜いても抜いても際限なく生えてくる雑草のような疑いと不審は、目の前で見せつけられたレヴィの態度のせいだ。

——俺の側に二度と近づかないと誓うなんて…。

この耳で確かに聞いたのに、未だに信じられない。……いや、信じたくないだけか。

自嘲して歯を食いしばりながら、クライスは館の中を影のように進んだ。

館は三階建てで主室だけで二十以上の部屋があり、どこにレギウスとレヴィがいるのか分からない。巡回している私兵の目を避けながら廊下を進み、扉を小さく開けて室内をひとつひとつ確かめてゆく。

一階には見当たらないので階段を昇って二階へ行く。二階は照明の数が減り、巡回の私兵も見当たらなかった。代わりに秘やかな雰囲気に満たされている。意外なほど簡単に探索が進むことに、脳裏でチカリと警告光が瞬いたが、レヴィを取りもどしたい気持ちが優った。

長い廊下の真ん中あたりに、細長い光の筋が横切っているのが見えた。

クライスは何かに導かれるように足音をひそめて、わずかに開いた大きく立派な扉に近づいた。

そのままぴたりと扉に身を寄せ、細く開いたすき間から中の様子をうかがう。中から何か忙しない様子の息使いが聞こえてくる。

考えるより先に身体が動いた。

音を立てず気配を消して扉を開け、主室の前にある控えの間に身をすべりこませて静かに扉を閉める。それからやはり指一本分ほど開きかけている主室の扉に近づいた。

「……っと…――し…ぃ」

レヴィの声だ。苦し気にかすれているけれど、間違いない。

勢いよく扉を開けようと手をかけた瞬間、さっきよりはっきりとした声が聞こえて動きが止まる。

「レギ……や…――ぃ…、ほ…し…ぃ」

「もっとはっきり言え」

「欲し…ぃ、欲しい…頼む…から、もう…これ以上は…――あっ…ぁ、あぅ…ッ」

何かを切望する追いつめられた声音に、レギウスの尊大な声が重なる。

「欲しいなら、どうすればいいか分かっているだろう」

面白がるような言葉のあと、少しの間を置いて水飴でも舐め取るような粘着質の水音と、くぐもったうめき声が交互に聞こえてきた。

「――……ん……ぅむ……んっ」

「もっと深く」

「ん…ぅう…っ、んぅ…っ…――」

忙しない呼吸とぴちゃ…ぬちゃという独特の響き。それが何を意味しているのか、どんな行為によって生まれた音なのか、理解などしたくない。間違いであって欲しい。

嘘だ。ありえない。そんなわけはない。

信じられない思いに震える手で静かに扉を開け、四方の床に置かれたオルゴン灯光で淡い薔薇色に染まった室内に足を踏み入れた。深い緋色の絨毯は厚く、足音を完璧に吸収してくれる。部屋はさほど広くないが、中央に置かれた天蓋つきの寝台は、大人が四人ゆったり寝られるくらい大きい。

天蓋から白い刺繍織の布が下りている寝台の中は、明るいオルゴン灯を点けているらしく、それなりに厚みのある布を通して、ふたりの人間が絡み合っている様子が見てとれた。

外とは逆に中からは、明かりが強いせいで布越しに立っているクライスの姿は見えないだろう。

「美味いか？」

「ぅん…、ん…、ぅ…うん…――」

クライスに背中を向けた形でレギウスの股間に顔を埋めているレヴィが、くりかえし頭を上下させながら必死な様子で声を出す。大きな枕を背もたれにして、ゆったりと胡座《あぐら》をかいたレギウスが満足そうに笑みを浮かべた。

レギウスは両腕を軽く曲げて枕に乗せている。レヴィを強制するものは何もない。レヴィは自らの意思でレギウスの性器を口に含み、先端から根元まで何度も飲み込むという行為をくり返している。跪いて頭を下げているせいで、自然に上がった尻が淫猥《いんわい》に揺れる。ちょうど天蓋布がそこだけ少し開いていたせいで、レヴィの白くなめらかな双丘と、その奥から流れ出て太腿の内側を汚す白い粘液が見えてしまった。

――もうすでに、一度レギウスに抱かれたあとなのか……。いや、一度ではなく、二度か三度か。レギウスの元へ行ったきりもどってこなかったこの半月、ずっと抱かれていたのかもしれない…。

自分が目にしているものが信じられなくて、頭の中が真っ白になる。叫ぶことも罵倒することも、襲いかかってふたりを引き裂くこともできないまま、木偶《でく》のように立ち尽くしていると、レギウスがレヴィの髪をつかんで股間から引き剝がし、何かささやいた。

レヴィはのろのろとレギウスに背を向けて足を開き、自らの尻を、自分の口で固く昂ぶらせたレギウスの雄身に重ねた。苦しそうに目を閉じて、そのまま何度か尻を落としては、位置が合わずにやり直す。三度目か四度目にようやく先端が入ったのか、ひときわ深く眉間に皺を寄せ「んっ…」と小さくうめいて腰を落としてゆく。

「――…ぁ…はぁ…、あ…ぁう――…んぅ…ん…っく…」

上下左右、小刻みに腰をゆすって長大な性器を身の内に食い込ませてゆく。その仕草は、すでに何度も何度もくり返されて、熟知しきった手順と慣れを示している。

後背位で呑み込める限界まで含んでしまうと、レヴィは顔を上げて背中をレギウスの胸に預けた。

そのとき初めてレギウスの腕がレヴィの胸を抱き寄せ、背後から左右の乳首を摘んで揉み込む。

「ゃあ…っ――やッ…あ…、ん…ぅう…んっ、や、だめ…っ、胸は…やだ…ッ」

レヴィの上げた嬌声《きょうせい》は明らかに快感を示していて、口でなんといっても本気で嫌がっているとは、誰も思わないだろう。もちろんクライスも思えなかった。

「そのまま目を閉じて、自分で自分を慰めて往《い》ってみろ」

レギウスの命令にレヴィは唯々諾々と従った。

尻を上下に揺らして男の剛直で自分の中を擦《こす》りながら、両手で自身を扱《しご》く。そんな行為すら初めてではないのか、ためらうことなく没頭してゆく。

クライスは蜘蛛の巣にかかった愚かな獲物のように、動くことができないままその行為を見ていた。

レヴィは絶頂を求めて身をくねらせていたが、すでに何度も吐精したあとなのか、なかなか往くことができないらしい。しばらくすると涙声で哀願しはじめた。

「レギ…レギウス…！　おねが…ぃ…お願い、だから…！　あッ…ぁあっ」

くすんだ金色の髪を振り乱して「もっと深く突いて」と口走る。

懇願に応えてレギウスが笑いながら身を起こし、レヴィに獣の姿勢を取らせると、腰をしっかりつかんで背後から勢いよく追い上げはじめた。

「あっ…ん、ぅ…んっ、んっ…ん！　ぁあ…ッ、あ…――はッ…はぁっ、く…っ、…んっ」

下から抉るような強い突き上げを受けるたび、レヴィの身体は激しく揺れて、唾液に濡れた唇からあられもない喘ぎ声が洩れる。

「…ん…ぁあ…ッ…――」

最後に艶やかな嬌声を上げて、レヴィは敷布の上に白濁を迸らせた。

「っぁ…ん…」

少し遅れてレギウスも中に吐精したらしい。レヴィは眉間をひときわ苦しげに寄せて、唇を噛みしめた。汗に濡れた頬と唇の震えが、与えられた悦楽の激しさを表している。

――もう無理だ…。

クライスはゆっくりと拳をにぎりしめた。

いくらレヴィを信じたくても、たった今見せつけられた事実の前ではすべてがかすんでしまう。

クライスの気持ちの変化を察したように、レギウスが寝台にぐったりと倒れ込んだレヴィを無理やり抱き起こし、深い唇接けを交わしてから顔を上げさせた。

「目を開けて、前を見ろ」

左手で顎を強くつかんでクライスの方へ顔を向かせる。同時に右手で枕元を探ると、寝台を皓々と照らしていた明るい光が消えた。

天蓋布の外に立ち尽くすクライスの姿が浮かび上がる。

「――――…ッ」

レヴィが、声にならない悲鳴を上げた。

クライスはそれに背を向け、扉を勢いよく押し開けて外に出た。

かすれた呼び声をふり払うように腕を大きく広げ、前室の扉も叩きつけて廊下に飛び出す。

「……クライス…ッ！」

「待っ…て…！　クライス……ッ」

必死に追いすがってきたレヴィの声に、クライスの足を止めて部屋に呼びもどす力はなかった。

ほんの少しでも、レギウスに強制されて仕方なく嫌々従っているという部分があれば、まだ耐えられた。助けに入ることもできた。レギウスを殴りつけて、奪い返すことも。

けれどレヴィは行為を悦んでいた。積極的に奉仕して自ら受け入れていた。

そこに言い訳の余地はみじんもない。

「――俺は、ずっと騙されていたのか…ッ」

最初からすべて仕組まれていたのか。ふたりで愚かな男だと俺を嗤っていたのか。

いったいいなんのために。どうして。二股をかけられ、当て馬にされなければいけないんだ。

分からない。

いっときは完全に理解できたと思っていたレヴィの気持ちも、心も。なにもかもが、濁流のような怒りと悲しみと理不尽な嫉妬で、ぐちゃぐちゃに崩れ落ちて確たるものはひとつもなくなる。

〝守護者〟の力を利用するためか。

レギウスの代わりに、体のいい交換品として求められただけか。

国も家族も棄てて遠い異国の地にただひとり、心底惚れた人を護りたい一心でやってきた自分が馬鹿に思えた。レヴィとふたりで過ごした蜜月の日々は、恥ずべき記憶として封印する。愚か者の妄想だったと、自分で自分を嗤うしかない。

頭が煮えるように熱くて、どうやって自室までもどったのか記憶にないまま、クライスは荷物をまとめはじめた。元々身ひとつでやってきたようなもので、私物などほとんどない。

黒一色で他になんの特徴もない一番地味な平祭服に着替え、鞄に当座の着替えと有り金をつめて部屋を出た。オルゴン源の秘密を知り、サン・ラディウス宮殿の奥深くまで歩きまわっていた自分が、大聖堂の〝守護天使エリファス〟の許可も同行もなく、勝手に宮殿の外へ出られるとは思えない。下手をすれば捕らえられ投獄され、処刑される可能性もあるだろう。

頭では冷静に己の立場を理解していたけれど、気持ちと身体は激情に駆られたまま、レヴィとレギウスから遠ざかろうとしていた。

『負け犬』

それが今の自分だ。

レギウスに対して抱いた優越感も、レヴィの信頼と愛情を得た喜びも、すべては幻だった。

レヴィが語った生い立ちすら作り話だったのかもしれない。

クライスは廊下を無言で進み、階段を降りようとして、下から上がってくる白い人影に気づいて足を止めた。レヴィが半裸でよろめきながら、手すりにすがって階段を上がってきたからだ。

「クライス…」

泣きそうな声を聞いたとたんくるりと背を向け、廊下の反対側にあるもうひとつの階段を目指す。

「クライス…！　頼むから、待って…ッ」

涙混じりの叫び声に、ガツンと何かがぶつかる音が続く。足を踏み外して階段に膝でも打ちつけたのか。とっさにこらえそこねた痛みにうめく小さな悲鳴を、無視できればよかったのに。

「————……助けて」

救済を切望しながら、心の底では自分が助けてもらえるとは信じてはいない。あまりに裏切られすぎて、信じるよりあきらめたほうが楽に生きていけるから。

ぽつりとつぶやかれたレヴィの声には、そんな思いがこもっているように聞こえた。

——それとも、これも俺の妄想で、勝手にそう感じるだけなのか。

後ろ髪を強く引かれて足取りが鈍くなる。背後で痛めた足を引きずりながら、必死に追いすがろうと階段を上ってくるレヴィの息使いに拳が震えた。そのまま声にならない叫びを迸らせるように拳を壁に叩きつけ、怒りを込めてふり返った。

「今さら…、なんの用です!?」

「クライス…」

ぞんざいに袖を通しただけの寝衣がはだけて、ついさっきまでレギウスに抱かれてよがっていたレヴィの胸や腹部が、オルゴン灯の光を受けて生々しい白さで目に飛び込んでくる。腰の低い位置に辛うじて引っかかっている脚衣には、レギウスに注ぎ込まれたものがこぼれて出来たらしき染みが点々と浮き上がり、惨めさに拍車をかけている。涙と汗で濡れた頬に、くしゃくしゃに乱れた髪が張りついていた。

そんなあられもない姿で、レギウスの屋敷からここまで俺を追いかけてきたのか。必死になって。

「なぜ…」

どうして。

「……あなたが、何を考えているのか分からない」

「クライス…頼むから、話を…」

「言い訳なら聞きたくありません。俺はレギウスとあなたを共有するつもりなんてないし、二股をかけられて平気なほど鈍感じゃありません。あなたを本気で愛していたから、裏切られたことが許せないんです」

初めてレヴィを抱いたとき、彼がその行為に馴染んでいることは分かった。一回や二回ではなく、長年にわたって頻繁に抱かれてきたと思える反応だったからだ。相手がおそらくレギウスだろうことも。けれど関係が今でも続いているとは思わなかった。――思いたくなかった。

たとえ過去がどうであろうと、今と、そして未来をともに歩む者として、自分を選んでくれたと信じたからだ。それなのに。

階段に打ちつけた足を引きずりながら手を伸ばせば届く距離まで近づいて、涙を流して立ち尽くすレヴィの顔をクライスは思いきり睨みつけた。

「おまえでも、そんな顔できるんだな…」

レヴィは静かに涙を流しながら小さく笑った。他にどうしていいか分からず、途方に暮れた子どものような笑みだった。

自分の中で怒りが急速に萎んでいくのが分かった。代わりに、目の前で泣いているレヴィを慰めたいという衝動が突き上げて拳が震える。あんなにもあからさまな裏切り行為を見せつけられたのに、俺は馬鹿かと心底情けなくなった。

「クライス、どうか…オレを信じてほしい」

「…――」

クライスはにぎりしめた右手で右目を覆い、顔をうつむけた。

頼まれるまでもなく、すでにもうほだされている。たとえ裏切られても影で嗤われても、それでも
「助けてくれ」と頼むレヴィを信じて護りたいと。

「クライス…」

レヴィが瞬きすると涙がこぼれて床に落ちた。それを拭いもせずただ立ち尽くし、わずかに手を差しだして救いを求めている。その姿を、魂を、どうしても無視することができない。

自分は底抜けの馬鹿だと自覚しながら、クライスは恋という名の愚かな征服者に降伏した。

「……分かりました。あなたを信じます」

信じた結果、また傷ついてもかまわない。今、涙を流しているこの人を見捨てて逃げることなど、自分には絶対にできない。

クライスは閉じていたまぶたを開け、顔を上げ、拳を開いてレヴィを抱きしめた。

「レヴィ、俺はあなたを信じます」

腕の中で細い身体がカタカタと震えている。クライスは自分の外套を脱いでレヴィの冷えた肩にかけ、前を留めてあられもなくさらされていた胸を隠してやった。

レヴィは外套の釦を留めるクライスの手に自分の手を重ね、ぽつりとつぶやいた。

「おまえに黙っていたことがある」

「聞かせてください」

「オレのことを…嫌いにならないか？」

「今さら何を言ってるんです。自分のことを信じろと言うなら、俺のことも信じてください」

レヴィは勇気を出すようにクライスの手を両手でぎゅっとにぎりしめ、それから顔を上げて、小さな声で秘密を明かしはじめた。

「十五の歳に、レヴィ…オレの身体は生贄にされたって言ったよな。レギウスはそのときオレの亡骸を運び出してどこかに保存してるんだ」

「――…どういう意味ですか」

「そのままの意味だ。防腐処理を施してどこかに保存してる。そして、それを使ってオレを操ることができる。オレの意思を無視して、自分が望むように」

「あの、独特の響きをした声と…指環――」

「そうだ。呪音と触媒《しょくばい》。あれで命令されると逆らえない…、まるで自分の意思でそうしてるように操られる。それで…何年もあいつに……抱かれてきた」

クライスは歯を食いしばり、レヴィの手に覆われた自分の拳を強く握りしめた。

「レギウスは天使の器《エリファス》だったこの身体は愛しているけど、そこに宿ったオレの魂は憎んでる」

クライスの手をにぎりしめた指に、涙がぽたりと落ちる。涙は指を伝ってクライスの手の甲まで濡らした。それは、長い間レヴィがひとりで耐えてきた苦悩が凝《こご》った涙だった。

何度か呼吸を整えて、レヴィは再び口を開いた。

「前に言ったよな。おまえが側にいるとレギウスの干渉が緩和されるって」

「はい」

「あれは比喩《ひゆ》でもなんでもなくて、本当に、おまえが側にいてくれるとレギウスがオレを操ろうとしても、ある程度防げたんだ。だけど――あいつ…またオレの亡骸に何か術を施したらしくて、この前は逆らえなかった。今も、いつまたあいつに呼びもどされるか分からない。オレはもう、自分のことを憎んでる男に抱かれるのは嫌だ。おまえに抱かれて、愛されるってことがどういうことか知ってしまったから…。クライス、オレはもうおまえ以外、誰にも触られたくない…」

しぼり出すように告白しながらしがみついてきたレヴィの背中を、クライスはしっかり抱きしめた。

レヴィは安心したように大きく息を吐くと、声を震わせて続けた。

「オレはずっと、あいつの呪縛から自由になりたくて、力を溜めてきた。悪魔祓い師《エクソシスト》になったのは、クリストゥス教の教えによって迫害され〝悪魔〟と呼ばれてきた古代の神々を解放して、彼らの加護を得るためだ。だけどまだ力が足りない。レギウスから自由になるには、あいつが隠したオレの亡骸を探し出して破壊するしかないんだ」

それで時間さえあれば大聖堂を探しまわっていたのか。

「だから、オレがレヴィの亡骸を見つけるか、レギウスを斃《たお》せるくらい強くなるまで、オレがあいつに従っても、おまえを無視しても、裏切りだって思わないでほしい。どこか遠くへ行ったりしないで、側でオレを見守っていてほしいんだ。おまえが側にいてくれるだけで、オレは耐えていけるから…」

「——見守るだけでいいんですか？」

腹の底から湧き上がるレギウスへの怒りで、これまで出したことのない低い声が唇から転がり出る。

レヴィが驚いたように顔を上げ、涙に濡れた瞳を揺らした。

「…クライス」

「俺に本当はどうしてほしいのか、きちんと言葉にしてください」

曖昧に誤魔化されるのはもうたくさんだ。レヴィの本音を聞きたい。

「……オレを、助けてほしい」

「分かりました。それなら、この先二度とあなたをあいつの手には渡しません」

クライスは強い決意を込めて顔を上げ、レヴィをそっと引き離して背後に庇った。そうして階下から近づいてくる男の気配に向き直り、迎え撃つために剣を抜いて歩きはじめた。

階段の降り口にたどりついたとき、下から上がってくるレギウスの姿が見えた。向こうもこちらに気づいて剣を抜く。レギウスにはりついているギルダブとシャウラも、剣を抜いて身構える。

「クライス…！」

背後でレヴィが息を呑む音が聞こえる。それに「大丈夫です」と手をふって言い聞かせる。

「あなたは俺が護ります」

絶対に。もう二度とレギウスの手に渡しはしない。指一本たりとも触れさせたりするものか。

絶対に、だ。

決意を込めて剣を構えると、親鳥が翼を広げて雛を守るように、自分の左右に目に見えない防壁のようなものが広がるのを感じた。レギウスを、ここから先へは一歩も通さないという強い意思だ。

「レヴィが選んだのは俺だ。だからあんたには渡さない。絶対に、命をかけても」

近づいてくる男に向かって宣言すると、レギウスは意外そうに一瞬目を瞠ったあと、野生の狼が牙を剝くように気配を一気に逆立てながら階段を駆け上ってきた。それでも顔にはまだ余裕の笑みが浮かんでいる。

「みじめに追いすがっても、罵倒されて見捨てられれば馬鹿な夢も見なくなるだろうと、わざと自由にしてやっただけなのに。エリファス！　どれだけ巧妙な甘言で、こいつの気をもう一度惹いた？　無駄なあがきは止めて『私のもとにもど……ッ』」

強制力のある声がレヴィに届いて効力を発揮する前に、クライスは剣を一閃させて呪いの言葉をさえぎった。不利な立ち位置にもかかわらず下から斬りかかってきたレギウスの剣先を、そのまま裂帛《れっぱく》の気合いとともに打ち下ろす。

「あんたに！　レヴィはッ、渡さない……!!」

クライスは一撃ごとに段を下り、レギウスを階下へ押しもどしてゆく。最下段まで後退させられたレギウスがいったん階下の広間まで身を引いたとき、屋内に響きわたる甲高い剣戟《けんげき》の音を聞きつけた宮殿警備の神兵や修道士たちが、いったい何ごとかと駆けつけてきた。

「キングスレー卿!?　それにクライス殿……！　いったい何を」

「お止めください！　〝守護者〟同士で斬り合うなど正気の沙汰ではないッ」

「神兵！　ふたりをお止めしろッ」

司教らしき男が悲鳴じみた声を上げる。命令を受けた神兵が動き出す前にレギウスが鋭く叫んだ。

「邪魔するな！　これは決闘だ、邪魔する奴は容赦なく斬るぞ!!」

「しかし……！」

「聖天使の筆頭〝守護者〟キングスレー家の血と名において、この闘いを邪魔することは許さない！　ギルダブ、シャウラ、おまえたちも退《さ》がれ！　決して手を出すな」

剣を構えて一分の隙なくクライスに対峙しながら周囲を威嚇《いかく》するレギウスの気迫に、神兵たちは動きを止めた。騒ぎを聞いて集まってきた修道士や司祭、司教たちも、おろおろとふたりを遠巻きにして闘いを見守ることしかできない。

神兵たちを味方につけてこちらを一方的に捕縛するだろうと思っていたのに、レギウスの予想外の行動に驚きながら、クライスは有利な上からという立ち位置を捨て、広間で待ちかまえる男と同じ床に降り立った。

「クライス、来いッ！」

数合打ち合えば、剣の技量はだいたい分かる。腕はほぼ互角。あとは気合いと体力勝負だ。

真剣勝負になればなるほど、相手がくり出す次の一手の予想がつく。予想というより『見える』が近い。レヴィの側で霊領域《エーテル》の世界を垣間見るように、レギウスの意思が形になって見えてくる。

レギウスが正面から打ちかかると見せて右にまわり左面から斬りかかってくると、その意図を読んだクライスが左に避けて右上から斜めに剣をふり下ろす。さらにその意図を察知したレギウスが、すかさずその攻撃を剣刃で防いで横になぎ払い、体勢を立て直す。

目に見える肉体の動きより先に意思が形になって霊領域《エーテル》で攻撃をはじめ、そのあとで肉体が動きを

なぞる。その行程は早すぎて、ふつうの人間――レヴィが教えてくれた『一階の意識状態』では、まず感知できない。武道の達人は、これを察知できるからこそ達人と呼ばれるのだろう。

今、クライスとレギウスはその領域で闘っている。まず攻撃の意図と意思があって、肉体がそれに追随している状態だ。相手の意図をどこまで早く先読みできるか、もしくは肉体の動きをどこまで意思と一致させられるか。それが勝敗を分ける鍵になる。

レギウスはこうした闘いに慣れているのか、最初のうちこそ余裕たっぷりにクライスの攻撃を避け、反撃をしかけていた。けれどすぐにクライスが自分と同じ階層《レベル》で闘えることに気づいて、表情が険しくなる。逆にクライスは時間が経つにつれ、レギウスの意図を読み取る速度が上がり、自身の身体も意思に追いついてきた。レギウスに反撃の隙を与えず、次々と攻撃をくり出し追いつめてゆく。それでもなお、上から下から真横から、息つく間もなく剣をふるっても、なかなか決定打には至らない。時折レギウスからくり出される一撃は重く、まともに受ければ叩き潰されかねない威力を備えているが、クライスは寸前でその意図を読み取って素早く身をかわし、剣刃で攻撃を受け流す。レギウスが神業ともいえる技量で攻めてきても、クライスはそれをすべて察知してかわすことができる。

レヴィが補佐してくれてるからだ。

――天使の加護は俺にある。だから負けるわけがない。

自信は強さになって剣に力を与えてくれる。連続して打ちかかった五斬目で、ついにレギウスの左手を斬り飛ばすことに成功した。指環をはめた指が空を舞い、カツンと音を立てて床に跳ね返る。

「くッ…」

レギウスがよろめいた隙を逃さず右手の剣も弾き飛ばし、壁際まで追いつめて喉元にぴたりと切っ先を突きつけてやる。

「――…若僧が、いい気になるな」

武器を失い急所に剣を突きつけられても、レギウスの傲慢《ごうまん》な態度は変わらない。

「あんたこそ、いい加減もうレヴィを自由にしてやれ」

「……ふん。『レヴィ』か。あいつから何を聞いた」

「あんたに触られるのは、もう二度と御免だってさ」

レギウスの顔が憎々しげに歪む。そこに反省の色はない。自分がどれだけレヴィの魂を傷つけてきたのか。この男は本当に理解できないのだろうか。

「あんたのは愛じゃない。ただの我欲、執着だ。もうそろそろレヴィを自由にしてやれ」

「く…ッ、知ったふうな口を叩きやがって若僧が！　貴様に何が分かる!?」

「分かりたくなんかない。俺なら好きな相手をもっと大切にする。なるべく笑顔でいられるように、やさしくして幸せにする。あんたみたいに変な術を使って強制的に言うことをきかせても意味なんてないからな。レヴィの心はあんたには向いてない。『エリファス』の身体だけ抱き続けて、あんたは幸せになれたのか？」

「……──」

「レヴィの亡骸をどこに隠した。教えろ」

クライスは喉元に突きつけた剣の切っ先に力を込めた。

レギウスはそれに答えず、唇を歪めて病んだ笑い声を上げる。

「甘い男だな。訊かれて素直に私が教えるとでも思うのか？　いっそその腕に力を込めて、私の喉を切り裂いたらどうだ。そうすれば亡骸なぞ見つけなくても、あれを束縛から解放してやれるぞ」

言われた通り喉を刺し貫いてやろうかと、柄《つか》をにぎる拳に力を込めたが、どうしても最後の一線を越えられない。こいつの言うとおり、自分は甘いのか。

「本当に甘い男だな」

レギウスは呆れたようにクライスを見つめ、暗い笑みを浮かべた。

「貴様がここで私を殺さなければ、私はまたあれを操って好きに扱う。私が死ぬまであの身体を抱いて、これから先もずっと慰み者にしてやる。私だけでなく複数の男たちにも男娼として貸し出してやろうか。大聖堂の聖天使エリファスを抱けるとなったら、どんな要求でも呑む者は多い。それで私は教皇の座を手に入れる。誰も逆らえない至高の座について、世界を手に入れるのも楽しそうだ」

「貴様…ッ！」

「『レヴィ』の苦しみなど知ったことか。あいつは、私が誰よりも愛していたエリファスを追い出して肉体を乗っ取ったんだ。だから憎い私に抱かれて、一生死ぬまで苦しみ抜けばいい」

「……ッ」

説得は通じない。たとえ拷問にかけられたとしても、レギウスは決してレヴィの亡骸の在処《ありか》を明かさないだろう。そして復讐のためにレヴィを苦しめ続ける。

そう理解した瞬間、クライスは迷いを捨てて剣をにぎる腕に力を込めた。

ザクリと、骨と肉と筋を貫く籠《くぐ》もった音がして、切っ先が後ろの壁に突き当たる。

遠巻きにふたりの闘いを見守っていた人垣から一斉に、クライスの凶行を非難する悲鳴とうめき声が上がった。

「クライス…！」

呪縛が解けたように階段を駆け下りてきたレヴィが、クライスを捕縛しようと近づいてきた修道士や神兵たちの前に立って両手を開き、毅然とした声で宣言した。

「クライス・カルヴァドスはこのオレの守護者だ。彼に手を出すことは『聖天使エリファス』の名において決して許さない！　ギルダブ、シャウラ、ここに来ておまえたちの主人の亡骸を運んでやれ」

凛とした『聖天使エリファス』の声には人々を従わせる強さがあった。

ギルダブとシャウラが事切れたレギウスの両脇に立ったのを見て、クライスはゆっくりと剣を引き抜いた。支えを失った身体がぐらりと倒れて、顔が仰向けになる。

そこに浮かんでいたのは予想していた怒りや憎しみの表情ではなく、安堵によく似た、不思議に満ち足りた微笑みだった。

† Ⅸ 無名墓地に咲く花

聖天使の筆頭守護者として長い間、権勢を誇ってきたキングスレー家の当主レギウスの死亡にまつわる一連の騒動は、予想よりずっと早く終息した。表面上、レギウスは正式な決闘の末の敗死として扱われ、勝者であるクライスはいっさい罪に問われることがなかった。

そうした措置の裏側には、聖天使エリファスとしての立場を最大限活用したレヴィの駆け引きと脅しを含む交渉、そして譲歩があった。レヴィはレギウスの束縛から自由になってからも、これまでと変わらずオルゴン動力の浄化を続け、教団の象徴『聖天使エリファス』としてふるまうことを教皇に約束した。その代わりに、クライスを罪に問わないこと、これからも『エリファス』の守護者であり側衛であるという立場を保証させたのだ。

レギウスの死から五日後。

レヴィはクライスと一緒に、ヴァレンテの首都から馬車で半日の距離にある小さな街に向かっていた。自走車嫌いなレヴィのためにクライスが用意してくれた馬車の乗り心地はすこぶるいい。

窓の外には深まりつつある秋の景色が広がっている。緑が褪せて金色に変わりつつある麦畑。赤や黄色に染まりはじめた林の木々。葡萄棚には果実がたわわに実り、遠くの草原では羊や牛がのどかに草を食《は》んでいる姿が見える。

レギウスの束縛と保護下にあったときは、首都を出て別の街を訪れることがあっても、外から中が見えないよう窓に目隠しが施された自走車か飛空船でしか移動したことがなかった。だからこの国で二十三年間も生きてきて、こんなふうに郊外ののどかな風景をゆっくり目にしたのは初めてだ。

窓枠に手をついて、硝子に鼻先がつく勢いで外を眺めていると、クライスに「馬車を止めて少し外に出てみますか？」と勧められた。

「…いや、今はいい。先にやるべきことをやっちまいたいから。それが終わったら、帰りにゆっくりさせてもらう」

「わかりました」

クライスはあんな騒ぎのあとでも前と変わらず、おだやかで忍耐強く、そしてやさしい。

男らしさは前よりずっと増して、前にはなかった影…というより深みのようなものが備わった。

レヴィは窓枠から顔を離して席に座り直し、背もたれに身体を預けてクライスをちらりと見上げた。視線に気づいたクライスが、にこりと微笑み返してくれる。あふれるような豊かな愛情に包まれて、ふいに泣きたくなった。

「ごめんな…」

「どうして謝るんです？」

「オレとレギウスの問題に、おまえを巻き込んじまって」

「悲しいことを言わないでください。私はあなたの問題に巻き込まれたことが――かかわれたことが嬉しいんです。私のほうこそ、あなたの亡骸の在処を聞き出す前に奴の命を奪ってしまって、すみませんでした」

「それは…いいんだ。あいつはきっと、本当はそれを望んでたんじゃないかって、今は思う」

「どういう意味ですか？」

「…クリストゥスの教えでは、自ら命を絶つ者は地獄に墜ちて、未来永劫天国に入ることはできない。『エリファス』は天使で、天に還った。だからレギウスは絶対に地獄に堕ちるわけにはいかなかったんだと思う。あいつは筋金入りのクリストゥス教徒だったから…。どんなに『エリファス』の後を追いたくても、自ら命を絶つことができなかった。だからクライスが剣を抜いて自分に向かってきたとき、そこに希望を見出したんだと思う。そうでなければ神兵や手下の加勢を排して、一対一の決闘に持ち込んだ理由が分からない」

レヴィはそう言って、腿の上で組んだ両手に視線を落とした。

今ではもう、彼が死んだことを喜んでいいのか悲しんでいいのか分からない。ただ、胸に大きな穴が空いたように感じるのは、十一歳の冬に初めて会ったときから十二年間、彼が自分にとってあまりにも大きな存在だったせいだと思う。それが、愛情と庇護を乞い求め続けた少年時代の拙く幼い恋慕から、あきらめと悲しみに塗《まみ》れた数年間を経て、憎しみに変わってしまった感情だったとしても。失ったことに変わりはない。

『あいつは、私が誰よりも愛していたエリファスを追い出して肉体を乗っ取ったんだ！』

レギウスがクライスに言い放った言葉がよみがえる。最期を予期したからこそ吐露《とろ》した本音。

うすうす感じてはいたけれど、やっぱりそうだったのか…。オレは——レヴィとしての魂は本当に憎まれていたんだな。だからどんなに言うことを聞いても、エリファスのようにふるまっても、決して満足させられず許されることもなく、身体だけ執拗に求められた。

それがレギウスにとって、自分の欲望を満たし復讐まで果たせる最大限の効果的な方法だったから。

いつしか組んだ両手に力が入りすぎて、手の甲に爪が食い込んでいた。その上にそっとクライスの大きくて温かな手のひらが乗せられる。

ハッと我に返って顔を上げると、心配そうな瞳でのぞき込まれていた。

「大丈夫ですか？」

「…ああ。うん、大丈夫だ」

そう。今はクライスがいる。胸に空いた大きな穴は、これから彼によって埋められるだろう。クライスを迎え入れるために空いた穴だと思えばいい。たった数カ月前に出会ったばかりなのに、すでに自分の心はクライスで満たされつつあるのだから。

レヴィはクライスに微笑みかけ、お返しに陽射しのように温かく情熱的な唇接《キス》けをもらった。


朝のうちにサン・ラディウス宮殿を出て、目的地である小さな無名墓地に到着したのは、午後から夕刻へと呼び名が変わる時間帯だった。

レヴィとクライスは馬車を降り、あとから自走車でついて来た監視兼警護役の神兵と守護者をその場に残して、敷地内に足を踏み入れた。

秋の陽射しは西に傾き、発泡酒のような淡い黄金色を帯びつつある。ほとんど手入れの行き届いていない墓地には至るところに枯葉が降り積もり、風が吹くたびカサコソと乾いた音を立てていた。

無名墓地は身寄りもなく行き倒れて命を落とした者が、教会の善意で葬られる場所だ。だから滅多に訪れる者などいないのだろう。うら寂れた空気が漂う敷地の北と西側は林に囲まれ、そこから侵蝕《しんしょく》してきた葉蔦《はづた》や刈られることなく放置された雑草が繁茂《はんも》して、墓石が見えなくなっている場所もある。

レヴィはクライスを後ろに従えて敷地内をゆっくり歩きまわり、北西の隅で足を止めた。そこには葉蔦や雑草に囲まれて誰の目にも止まりそうにない、小さな墓石がひっそりと佇んでいた。墓石には特徴がなく、名前も生没年数も刻まれていない。

「ここですか？」

「たぶん、そう」

レヴィは小さくうなずいて小さな墓石を見つめた。そこだけ他とはちがって定期的に誰かが訪れ、草を刈り手入れをしていたらしい跡がある。数日前にも訪れたのだろう、墓石の前には薔薇が一輪供えられていた。すでに枯れ果てて、何色だったのか判別はできなかったけれど。

たぶん赤だと思う。

『おまえは血の気が多いから、赤い薔薇でいい』

枢機卿主催の晩餐《ばんさん》会か何かにエリファスと一緒に招待されたとき、胸に挿す花を用意したレギウスにそう言われたことを思い出す。エリファスには純潔の白。そしてオレには情熱の赤。

「利用するために訪れて、ついでに怪しまれないよう掃除していただけか」

それとも…とつぶやきながら、レヴィは片膝をついて手を伸ばし、供えられた薔薇に触れた。

「幾ばくかの哀れみを持ってくれていたのか…」

――オレには分からない。分かりたいとも、今は思わない。

指先が触れると、干涸《ひか》らびた薔薇の花はもろく崩れて風に散らされてゆく。

それでいい。過去の亡霊は今日ここで眠りにつくがいい。

レヴィは立ち上がり、黙って後ろに控えていたクライスをふり返った。

「ここで間違いない」

レギウスが死んだあとレヴィは何度も夢を見た。

エリファスの夢だ。

夢の中のエリファスは空を覆うほど巨大な姿で、今にも空と溶け合いそうだった。瞳は太陽のように輝き、金色の髪は雲のようにたなびいている。

あまりに存在が大きすぎて、地上で肉の器に繋がれたレヴィとは直接会話を交わすことも意思の疎通を図ることもできない。それはまるで、人が自分の肉体の細胞ひと粒とは会話することなどできず、その細胞が何を考えているか感知などできないように。

エリファスであった大天使はそれでも懸命に、大いなる愛に満たされた瞳で地上に瞬く小さなひとつの点――レヴィを見つけると、月まで届くほど広大な翼をひと羽ばたきさせた。

天空から一枚の羽が舞い降りて、箱庭のように見えるヴァレンテのある場所に落ちる。

目覚めたあと地図で調べてみると、それがこの無名墓地だった。

「分かりました」

クライスはうなずいて外套を脱ぎ、上衣も脱いで中着姿《シャツ》になると袖まくりした。そうして慎重な手つきで墓石を取り除き、馬車からここまで運んできた掬鍬《スコップ》で墓所を掘り返しはじめた。

レヴィひとりでは三時間くらいかかりそうな穴を、クライスは一時間足らずで掘り終わり、かなり深い場所に埋められていた柩の蓋にたどりついた。柩は無名墓地にはそぐわない立派なもので、素材は木でなく石。だから埋められて八年経っても朽ちることなく、中身を護り続けていたのだろう。

クライスがゆっくりと蓋をこじ開けると、蠟細工のように青白い少年の亡骸が現れた。

八年前に失った自分《レヴィ》の肉体。胸の上で両手を組み、固くまぶたを閉じている。

「――あぁ…」

レヴィは思わず地面に膝をついてうめき声を洩らした。

クライスも穴の中でずらした蓋の端に足をかけ、石棺の中を見下ろして表情を強張らせている。

「可哀想に…」

思わずこぼれたのだろう、哀れみをにじませたクライスの言葉がレヴィの胸にしみじみと沁みわたった。長い間凝《こご》っていた何かが溶けてゆく。それは胸から喉元を迫り上がって涙に変わり、頬を濡らして、枯れ草に覆われた大地に次々とこぼれ落ちた。

「レヴィ、大丈夫ですか？」

「……うん」

肩を震わせながら懸命に嗚咽《おえつ》を飲み込もうとしていると、穴から上がってきたクライスにそっと抱き起こされて抱きしめられた。湿った土の匂いが鼻をつく。けれど顔を埋めた胸は温かく、広く、どこまでもレヴィを受け止めて揺るぎなく頼もしい。背中を抱き寄せる腕の力強さに助けられ、なんとか自分を取りもどして顔を上げた。

「大丈夫…だ。クライス、おまえが側にいてくれるから」

クライスは思いやりと愛情に満ちた深い笑みを浮かべてうなずいてから、穴の底に横たわる石棺に視線を向けた。

「葬ってあげましょう。今度こそ、本当に」

「ああ…」

レヴィは外套の袖で無造作に涙を拭って、しっかりとうなずいた。

亡骸はクライスが掬鍬《スコップ》と一緒に馬車から運んできておいた緑礬油《ろくばんゆ》を使い、跡形もなく溶かして土に還した。それから掘り返した土を埋めもどし、最後にレヴィが五芒《ごぼう》の封印を施して、この場所の秘密に気づいた者が現れても決して悪用できないよう念入りに処置をした。

敷地の外で待機している監視兼警護役の神兵のうち、何人かはレヴィたちが立ち去ったあとこの場を調べて教皇に報告するだろう。しかし彼らの能力では、ここに何が埋められていたかまでは見抜けない。報告を受けた教皇は気づくかもしれないが、だからといって今さらどうしようもないだろう。教皇はレヴィの能力を利用してオルゴン源の浄化さえできれば、その他は些事《さじ》として気にしない。だからレヴィの要請に応じてクライスの身分を保障したし、『自分だったらエリファスに言うことをきかせて、もっと聖務の頻度を上げる』などとレギウスに言われれば、レヴィの身柄をクライスからレギウスに移すことも平気でしたのだろう。

教皇はそういう人物だ。そこにつけ入る隙がある。

「何を考えているんですか？」

帰りの馬車の中で、クライスが遠慮がちに訊ねてくる。レヴィは自分がずっと考え事に耽《ふけ》っていたことに気づいて顔を上げた。

これ以上、彼に負担をかけていいものか。――訊ねる前から答えは分かっている。

クライスはきっと断らない。だからこそ申し訳ないと思う。思うけれど、やっぱり助けてほしい。一緒に望みを叶えてほしい。自分ひとりでは難しくても、クライスがいればきっと叶うと思うから。

レヴィは身を屈めて腿にひじをつき、組んだ両手で顎を支えてクライスの胸元を見つめながら、ゆっくりと口を開いた。

「オレがオルゴン動力を嫌いな理由って、話したことなかったよな」

「ええ。浄化作業が辛いからじゃないんですか？」

「ちがう…いや、それもあるけど、本当の理由はそれだけじゃなくて」

レヴィはクライスの瞳を見つめ、ひとさし指をクイと内側にふって顔を寄せさせた。

「教皇はオルゴン源を地下の鉱脈…のようなものから採り出してるって言ってるけど、オレはたぶんちがうと思う。あれはそんなものじゃなくて、……もっとよくないものだ」

ささやき声で耳打ちするとクライスは一瞬、顔を上げてレヴィを見つめ、何か思い当たったことがあるのか瞳を揺らして理解を示した。

「確かに。二千年も続いている巨大な組織ですから、汚く醜い部分も相当あるでしょう」

クライスの柔軟さと度量の深さに感謝しながら、レヴィは続けた。

「これは推測だけど、教団には表からは見えない深い闇が巣喰《すく》ってる気がする。ちょうど、白銀に輝くサン・アンゲルス大聖堂を真上から見ると、漆黒に変わるように」

「ええ」

「オレが十一歳になる寸前まで暮らしてた下層街じゃ、よく人がいなくなってた。子どもも大人も。消えた住人が暮らしていた部屋や小屋は、いつの間にか外からやってきた新しい貧民で埋められて、誰もあまり気にしない。みんなその日を生きるのに必死だから」

ヴァレンテの都にあふれる富に惹かれて、貧しい移民は毎日流れ込んでくる。入都制限しなければ、あっという間に都市の機能が麻痺《まひ》しかねないほどに。本来なら路上にひしめいているはずの貧民はいったいどこへ消えたのか。

「——まさか、オルゴン源は…人間を材料にしている、…と？」

クライスがさすがに驚愕の表情を浮かべて声を途切れさせる。レヴィは静かにうなずいた。

「確証はないけど、たぶんそうだ。オレはそれを曝いて、教団の力を内側から削ぎたいと思ってる。この先二度と…エリファスのような、捕らわれて利用される天使を生み出さないように。そして唯一神の名の下《もと》に迫害され穢《けが》されて、悪魔という忌むべき存在に堕とされてしまう精霊や神々をこれ以上生み出さないために」

レヴィは組んでいた手をほどき、クライスに向かってわずかに差し出した。

「それを…手伝ってもらえるだろうか」

疑問形で訊ねかけ、「ちがう」と頭《かぶり》をふって言い直す。

「手伝ってほしい。クライス、オレはおまえに助けてほしいんだ。お願いだからオレと一緒に」

「わかりました」

クライスはオリエンスでもヴァレンテに来てからも、いつでもそうだったように、少しもためらうことなくレヴィの願いに応じてくれた。

「……っ」

その瞬間、レヴィは胸の底から湧き上がる強い喜びに突き動かされて、クライスに抱きついていた。

「ありがとう……！　クライス、本当にありがとう」

背中を抱き寄せてくれる両腕の強さと温かさを感じながら、首に腕をまわして頬に頬をこすりつけると、小さく笑う気配がして唇が重なってくる。喜んでそれを迎え入れながら、レヴィは天に還ったエリファスに感謝を捧げた。

ありがとう、エリファス。今日まで一度も感謝を伝えたことがなかったけど、やっと素直に言える。

あの冬の日、下層街で死にかけてたオレを助けてくれてありがとう。

オレに『天使の器』を譲ってくれてありがとう。あんたのおかげで、オレはクライスに出逢えた。

そのことに、心から感謝する。

オレはこれからも、あんたがくれた『器』を大切にしながら生きていく。

天使の託卵

† Ⅹ　天使の託卵《たくらん》

無名墓地からサン・ラディウス宮殿にもどった翌日。クライスは夜明けより少し前に目を覚ました。目覚めの直前まで見ていた夢の余韻《よいん》が、まぶたの裏に色濃く残っている。もう一度目を閉じて、夢の内容を反芻《はんすう》してから改めてまぶたを開け、静かに身を起こした。

となりではレヴィがまだぐっすりと眠っている。昨日、宮殿に帰り着いたのは夜遅く、それからふたりで湯を浴びて、寝室に入ったときには深夜近くになっていた。レヴィはほぼ一日かかった馬車での移動と、何よりも墓所で受けた精神的衝撃と動揺のせいで疲れたのだろう。湯殿で身体を洗ってやっている最中にこくりこくりと船を漕《こ》ぎはじめ、身体を拭《ふ》いて寝衣を着せ終わる頃にはすっかり寝入ってしまっていた。クライスはそんなレヴィを抱き上げ、もうすっかり馴染《なじ》んだ足取りで寝室にもどると、一緒に寝台に入って眠りについた。

そして、あの不思議な夢を見たのだ。

――なんだろう、何か不思議な感じの夢だった…。いつも見るのとは全然ちがう。

小さく首をひねってから身を屈《かが》め、眠るレヴィの額にそっと唇接《キス》けを落として静かに寝台を降りる。

そのままとなりの訓練室へ移動して略服に着替え、訓練室と居間をつなぐ唯一の扉にきちんと鍵がかかっていることを確認してから庭に出た。訓練室から庭に出る扉と階段もひとつしかないので、そこさえ押さえておけば、レヴィが寝室で眠っている間もこうして庭で身体を動かすことができる。

東の空が白々と明けはじめ、西の空では星々が最後の残光を放っている。昼間はまだかなり暖かいが、夜明け前のこの時間帯は吐く息がかすかに白くなってきた。

ゆっくりと身体をほぐして剣と体術の型をいくつかくり返しているうちに、中秋の冴えた朝陽が昇って、手入れの行き届いた庭園に鮮やかな色が浮かび上がる。

常緑の杉や樅《もみ》の木、様々な色に変わりはじめた何種類もの楓や水木、樺《かば》の木などを背景に、秋の薔薇《ばら》、秋薊《あざみ》、蘭花《らんか》、芙蓉《ふよう》、鳳仙花《ほうせんか》が明け初めの陽射しを受け、夜気を避けてひっそりと閉じていた蕾を震わせている。夜に咲く月下香《げっかこう》は朝の訪れとともに花びらを閉じ、馥郁《ふくいく》たる残り香がかすかに漂うのみ。金と銀の木犀《もくせい》は、消えた星の代わりに艶《あで》やかな輝きを放っている。

宮殿の棟壁に囲まれているとはいえ、そこそこの広さがある庭園には、花樹だけでなくクライスが種をまいて育てた香草類も元気に育っている。水芥子《ウォータークレソン》、鋸草《ヤロウ》、菊苦菜《チコリ》あたりはまだまだ収穫できるので、今日はレヴィに香草の盛り合わせ《サラダ》を作ってやろう、などと思いながら型稽古を終わらせ、次は架空の敵を想定して模擬戦をはじめた。想像上の敵は枢機卿の私兵だったり教皇を護る神兵だったりするが、クライスは冷静に彼らの攻撃をかわし、反撃してゆく。

そうやって訓練を続けるうちに空はすっかり明るい青色になり、朝陽を浴びて白く輝く雲が長くたなびいて、天使の羽のように天空を横切っているのが見えた。心はいつしか凪《な》いだ水面のように静まり、剣のひとふりごとに、目覚める直前に見た夢が、舞い落ちる羽のようによみがえる。

郭公《かっこう》の託卵。巣から落ちた卵。卵の殻が割れて灰色髪のレヴィが生まれる。巣に残った白く美しい卵からは、大きな翼を広げた白い鳥が孵《かえ》る。

入れ替わった卵。魂。入れ替わり？　ちがう、追い出された魂が……――。

とりとめもなく、不思議な情景が鮮やかに浮かんで何かを伝えようとしている。

いったい何を？

動きを止めて天使の羽のような雲を仰ぎ、心の中でそう訊《たず》ねたとき、レヴィが眠そうに目をこすりながら階段を降りてくるのが視界の端に映った。クライスは素早く剣を納めてレヴィに近づくと、

「おはようございます。そんな格好で外に出たら風邪をひきますよ」

そう言いながら、レヴィが適当に羽織っただけの外衣《ガウン》の前をしっかり合わせてやる。その瞬間。

さっきの夢の意味が天啓のように閃いた。

「うん…、何かに呼ばれた気がして目が覚めたんだ。まだ眠いのに……クライス、どうした？」

動きを止めたクライスを訝《いぶか》しんで、レヴィが首を傾げて顔をのぞき込んでくる。

クライスはたった今、受けとったばかりの天啓が消えてしまわないよう、そっと声を出した。

「……レヴィ」

「なんだ？」

「たった今…分かったことがあるんです」

「うん？」

「今朝、不思議な夢を見たんです」

レヴィが黙ってうなずき、先をうながしてくれたのでクライスは続けた。

「あなたは聖天使《エリファス》のものだった『天使の器』を譲ってもらって、生き延びたと言っていた。けれど、そもそも最初の前提が間違っていたとしたら？」

「……どういう意味だ」

「元々あなたの魂が入っていた身体――『天使の器』に聖天使《エリファス》を入れるため、あなたの魂が追い出されたのだとしたら？」

「まさか…そんな」

うわごとのようにつぶやくレヴィとは対照的に、クライスは確信を持って語った。まるで自分の口を借りて誰かがしゃべっているようにも感じる。証拠も何もないのに、まるで見てきたように情景が浮かび上がるのだ。

「自分の肉体から追い出された魂《あなた》は、本来なら死産で生まれるはずだった下層街の娼婦の胎児に宿って、この世に生まれてきた。灰色の髪をした、レヴィとして」

「そんな…」

「聖天使《エリファス》は天に還り、あなたは元々自分のものだった肉体を取りもどした。ただそれだけ。だから誰かに対して罪悪感や負い目を感じる必要はないんです」

「オレは別に……――」

「レギウスに言われたことは、もう気にしなくてもいい」

レヴィは目を瞠《みは》り、小さく息を呑《の》んでまじまじとクライスを見つめ、それからふっと肩の力を抜いて訊ねた。

「クライスおまえ、誰に口を貸してる？　それは誰の言葉だ？」

「――わかりません。けれどたぶん、とてつもなく大きな天使です。あの空を覆い尽くすほどの」

クライスはレヴィの身体をしっかり抱き寄せて、天を指さした。

そこにはもう、さっき見た天使の翼のような白くたなびく雲は消えて、どこまでも青く輝く空が広がるばかり。天を仰いだまま、レヴィが独り言のようにささやいた。

「そうか…、だからエリファスはなんでもオレと分け合おうとしたんだな。高価なものも些細なものも、オレが欲しがればなんでも譲ってくれて、まるで最初からオレのものだと言わんばかりに…」

それから視線を落として自分の手を見つめ、たった今、長い眠りから覚めた人のように世界を見わたす。そうして最後にクライスを見上げると、今にも泣き出しそうな笑みを浮かべた。

その瞳は緑がかった青ではなく、初夏の森を彩る鮮やかな翠色。

青い瞳の大いなる聖天使は天に還り、クライスの腕には緑瞳で口の悪い小さな天使が残された。

奇跡のように与えられたその幸福に感謝しながら、クライスは抱き寄せたレヴィの額に「ちゅっ」と音を立てて唇接けた。庭の周囲や建物の陰から包囲護衛の神兵たちが、自分たちの動向を逐一監視しているだろうが、これくらいはかまわないだろう。

「身体がすっかり冷えてしまいましたね、部屋にもどりましょうか」

「…ああ」

レヴィは少し照れた表情で額に手を当ててから、ふっ…と何か思いついたように笑みを浮かべた。

「すごく冷えた。だからおまえが温めてくれるんだろ?」

それは口の悪い天使にふさわしい、すこぶる魅惑的な笑みだった。

あとがき

「俺たちの闘いはこれからだぜ！《完》六青《ろくせい》センセイの次回作にご期待ください。」という柱の煽り文句が目に浮かぶような終わり方になってしまいましたが、楽しんでいただけたでしょうか？

今回のテーマは悪魔祓い師《エクソシスト》と護衛士《ガーディアン》（守護者）。最初の構想（妄想ともいう）では受が歳上で、もっとツンツンクールな感じ、攻は歳下でほんわか癒し系ワンコ、敵役のレギウスはもうちょっと人情味がありました。が、構想（脳内プロットともいう）の段階で担当さんに「次作はこんな感じのキャラで、こんな関係性になる予定なんですが〜」と相談してみたところ、さすが歴戦の兵、一聴した時点で「それだと攻がヘタレすぎて、どう考えてもレギウスの方が格好良くなってしまってマズイと思います☆」……要するに要再考♥ということになりました。

キャラクターが変わればもちろんストーリー展開も変わってくるので、今作は書きたい核の部分は押さえつつ、要再考によって生まれてきたエリファス・レヴィとクライスに、人情味は押さえて人でなし成分を増加させたレギウスという、三人による新しい物語になりました。ちなみに最初にぼんやり思い浮かべていた話は、外国からやってきた凄腕悪魔《エクソ》祓い師《シスト》エリファスの護衛を任された王室警護士クライスが、エリファスに振りまわされつつ悪魔祓いの儀式に立ち会ったり、悪魔憑きが起こす事件を解決するために奔走したり、神学・霊学関係の無知さをエリファスに呆れられて一生懸命勉強したり…という、まあ自分で思い返してみても、クライスがヘタレ以外の何者でもない感じだったので、担当さんに「う～ん…」となられたのも仕方ないと思います。

そんなわけで、諸々組み立て直してできあがった今作。私的には珍しく九割が攻視点。受視点は一割という内容になっています。攻視点で『受、可愛いなぁ（デレデレ///）。お、抱きつかれちゃった、ラッキー♥』とか思いながら書くのは、思った以上に楽しかったです。攻視点溺愛系という新たな世界の扉が開いた気がします。

これまでの作品では大抵、攻は本編が終わったあとでようやくデレデレ溺愛状態になり、読者の皆さまに披露する機会があまりなかったのですが、これからはもう少しラブラブいちゃこらも本編に含めていきたいと思います！

――と、デビュー一〇周年に寄せて今後の抱負を宣言したところで、謝罪と感謝のコーナーへ移りたいと思います。

まずは今回イラストを描いていただいた青井《あおい》秋《あき》先生。先生がデビューした当初からずっと、繊細で美しい作品のファンでした。いつか自分も挿絵を描いていただけたらな…と、長らく思っていたので、今回こうして描いていただくことができて本当に嬉しかったです。

……それなのに、いろいろとご迷惑をおかけして申し訳ありませんでした。先にいただいていたキャララフや、素敵すぎて溜息ものの表紙・口絵イラストをデスクトップに飾って眺めることで、イメージをより膨らませて書くことができました。本当にありがとうございました！

そして、丸一冊のお仕事は今回が初めてになる担当さま。最初からこんな状態ですみませんでした…(猛省)。そしてありがとうございます。編集部の皆さまや印刷所の方々にも感謝いたします。次こそは！　きちんと、もうちょっと、前倒しとまでいかなくても、せめて通常運行どおりにしたいと思います…。

ということで、次作（リンクスロマンス刊）はいよいよ代償モフモフシリーズ第４弾の予定です。来年（２０１４年）早めに発売予定なので、店頭などで見かけた際はぜひ手に取って見てくださいい。よろしくお願い致します。

珍しくスペースが余りましたが、余白があるのもたまにはいいですね。
それでは、次の作品でまたお目にかかれることを楽しみにしています。

二〇一三年・初冬　六青みつみ

この本を読んでの
ご意見・ご感想を
お寄せ下さい。

〒151-0051
東京都渋谷区千駄ヶ谷4-9-7
(株)幻冬舎コミックス　リンクス編集部
「六青《ろくせい》みつみ先生」係／「青井《あおい》 秋《あき》先生」係

リンクス ロマンス

天使強奪

2013年11月30日　第1刷発行

著者……………六青《ろくせい》みつみ
発行人…………伊藤嘉彦
発行元…………株式会社　幻冬舎コミックス
〒151-0051　東京都渋谷区千駄ヶ谷4-9-7
TEL 03-5411-6431（編集）
発売元…………株式会社　幻冬舎
〒151-0051　東京都渋谷区千駄ヶ谷4-9-7
TEL 03-5411-6222（営業）
振替00120-8-767643
印刷・製本所…共同印刷株式会社
検印廃止

ISBN978-4-344-82980-0 C0293
Printed in Japan

幻冬舎コミックスホームページ　http://www.gentosha-comics.net